講談社文庫

新装版

三年坂

伊集院 静

講談社

目次

三年坂

三年坂

一

開け放った障子戸から射す陽差《ひざ》しが会席の男女を淡い影にしていた。

田舎訛《いなかなま》りの会話の中にときおり、ひぐらしの羽音がまじった。母の七回忌であった。

「商売の方は、どうね」

叔母はチキンカツを手にしたまま、噛《か》み難《にく》そうな顔をして宮本の方を向いた。

「ええ、お蔭《かげ》さんで、ぼちぼちです」

「そうねえ、そりゃあ何よりだね。あれからだから、もう丸六年、あんたの店も七年目に入った勘定になるわね。みずえが生きとったら……さぞ私に自慢したろうにね……甚が、甚が、言うて私らには、あんたの話ばかりだったからねえ……」

奥歯に固いスジでも当ったのか顰《しか》めっ面すると、

「痛っ、この鶏は強情《ごうじょう》だね……ところで、何という名前だったかね、甚ちゃん、あんたの店の名は」

「美花《みはな》です」

「美花鮨か、そうそう、そうだった。み・は・な……か、これはやっぱり、みずえの、み、をとったのかね」

「銀座の……東京の本店の名前を分けて頂きまして……」

「あっ、そうね。そうよねえ、甚ちゃんはずっと修業をしとったものね」

寺の廊下を子供達がドタドタと走り抜ける。親戚と言っても宮本が知っているのは、この叔母一人であった。あとは、宮本が三歳の時に亡くなった父方の親戚ばかりだった。挨拶をした時も宮本には目の前の人たちと血が繋《つな》がっているふうには思えなかった。

従兄《いとこ》になるという男がビールを注《つ》ぎに来た。

「どうも、この度はお招きに与《あずか》りまして、御馳走様でございます」

男は名刺を出して自己紹介をした。自動車のセールスをしているらしい。宮本も名刺を返した。鎌倉を出る時背広の中にいつもより多目に準備した名刺を、初めて使うのに宮本は気付いた。

「ほう、鎌倉ですか。ナガタニ……ですか」

「いえ、長谷《はせ》と読みます」

男は宮本より一回り年長に見えた。

「ほう、ハセとねえ、失礼しました。なにせ山口の田舎者ですから……東京《カミ》のことは知りませんで……」

「挨拶はもうええから、あんたらは向うで飲んだり食べたり、よばれなさい」

「しかし、みずえさんに目元がえらい似とられますのう、叔母さん」

「当り前じゃ、息子なんだから。ほら、子供がうるさいから静かにさせんといけんだろう」

宮本は母の名前が出た瞬間その男を何気なく見つめたが、母の姿と痩《や》せぎすのこの男を上手《うま》く並べることができなかった。十五歳の春にこの瀬戸内海沿いの小市を宮本は母に言われて一人で出て行った。それから二十五年の間で、彼は二度しか帰省をしていない。

「奥さん、元気ねえ」

「……ええ」

「働き者ってね。みずえが言うとった」

「…………」

和枝《かずえ》はとうとう一緒に来なかった。もっとも別離話《わかればなし》をつい洩《も》らしたのは宮本の方だから仕方なかった。先刻の男の女房らしき太った女が騒ぎたてていた坊主頭の子供を摑《つか》まえて、音がするほどその手を叩いて叱っていた。宮本も子供の頃、母からそうされたことを思い出して微笑《ほほえ》んだ。

ここ一、二年、何かの拍子《ひようし》に母のことを考えることが多くなっていた。離れ離れに暮して来た親子であったが、母が生きている間は宮本の後ろにはいつも母のみずえが立っていた。

母が亡くなって数年経《た》ち、鎌倉の店が順調に行き始めてから、ふとした時に母の顔が浮んだ。そうしてゆっくりと母のことを考えてみると、宮本は母のことを何も知らないような気がした。

ひぐらしの鳴き声がやみ、本堂から経《きよう》の唱《とな》えが低く流れた。叔母が独り言のように、

「しかし、あれからもう六年だから、月日の経つのは早いもんねえ、あの晩、私は夜

行列車で鎌倉へ行ったんよねえ。本当に人間の寿命はどこで尽きるのか、わからんもんよねえ……」

とため息をついた。

六年前の雨の日だった。

長谷《はせ》の通りを六地蔵《ろくじぞう》に向う中程に、真新しい看板が置かれて、店の中から活気ある職人の声が聞こえていた。五時半に開店初日を控《ひか》えて、店はしゃり切りの湯気と乾き切らない木肌の香りが酢《す》の匂いと合わさって、初々しい香気をこしらえていた。

「宮さん、どんなもんでしょうか」

銀座の本店から親方のよこしてくれた助《すけ》の若い衆が干瓢《かんぴょう》の味加減を聞いた。

「もう、ちょい醬油《しょうゆ》、気持ちな。そんで、ちょい煮込みな……十五分ってとこだ」

「はい」

「茂《しげる》、大根の水、切りな」

「へーい」

「茂、うちの奴はまだ帰って来ないのか」

「まだです」

何をやってやがるんだ、おしぼりの催促《さいそく》くらいで。宮本は舌打ちして穴子《あなご》の籠《かご》を叩いた。その時、ガラリと裏戸が開いた。

「ねえ、ちょっと、甚。いいかしらねえ」

母のみずえが半開きの戸から顔をのぞかせた。母が面倒な用事を頼む時に決ってそうする、あの右目を細めた顔だった。

「何だよ」

宮本は穴子の白身《しろみ》を並べながら背中で聞いた。

「済まないけど、ちょっと」

「後にしてくんないかな」

穴子が一枚、ポロリと割れた。

「甚、……ねえ甚」

「ああ、わかった」

宮本は穴子の白身を籠に並べ上げると、みずえのいる裏道へ出た。

「何だよ」

「ごめんよ。今言っとかなくっちゃあ、忘れてしまうからねえ……ほら、鎌倉《こっち》へ来るついでに京都へ寄ったって言ったろう。あの時さあ……買物をひとつして、時間がなくなっちゃって、それを取りに行けなくなってさあ。それをおまえに覚えといて貰《もら》おうと思ってさあ……」

と母は赤い舌をペロリと出した。

「母さん、こんな忙しい時に何を言い出すんだよ」

宮本は呆《あき》れて店へ戻ろうとして、

「母さん、座敷の仕切りに置く屏風《びょうぶ》、まだ来ちゃあいないじゃないか。だから、俺言ったろう。拵《こしら》えもんは東京にしろって……わけのわからないとこに頼んじゃあ、駄目だって」

「何を言ってるんだい。外様《とざま》の人間が新しい土地に来て、初めて商《あきな》いを始めるんだ。まずは、近所だよ。近所の人から頼まれる鮨屋にしなきゃあ。ねえ、ちょっと、これがその受取りと地図だからさ」

「後にしてくれって言ってるだろう。もう、いい加減にしてくれよ。母さん」

母は宮本の手を取るようにして半折の茶封筒《ちゃぶうとう》を彼のズボンのポケットにねじ込んだ。母は料亭の仲居《なかい》を長いことやっていたせいか、人の手を丸めるように取る癖《くせ》があった。身丈夫《みじょうぶ》で働き者だった。五十歳を越えても外に出る時は口紅を引いた。派手ではないが、小柄の割に陽気な気質《たち》が、実際より大柄な女に見せていた。

今朝も五時前にはもう蒲団をたたんで、何やら小物を纏《まと》めると近所や商店に挨拶回りをしたらしい。

「義母《かあ》さん、いいですよそんな、私が行って来ますから」

と和枝が止めても、

「いいんだよ。あんたは店の準備が大変なんだから。こう言うことは年寄りにさせとくもんだよ。第一、私は動き回っとかなくちゃあ、どうも身体が変になる気質《たち》だから……それに……この日をずっと待ってたんだから、私は。夢だったんだよ……もう、嬉しくて仕様がないんだよ」

母はそう言って子供のように笑っていたという。

宮本は板場《いたば》に戻ると、しゃり切りの具合を見て酢の壜を片手に団扇《うちわ》を叩いた。真新しい炊飯器《すいはんき》を見ながら、ふと、一ヵ月前に店の工事を見がてら表通りですれ違った地元の人間のかたくなな視線を思い出し『確かにお袋の言う通りかも知れねえや』と思った。

その時、表通りで車のブレーキ音がして、看板が転んだような大きな音がした。キャアーッと悲鳴が聞えるとバタバタと足音が散らばり、救急車、救急車だ、と男の怒鳴り声がした。宮本は耳を立てるように、杓子《しやもじ》を止めた。

表から半纏《はんてん》を着た若い鳶《とび》が飛び込んで来た。

「お宅の、女将《かみ》さんだ。前でバスに轢《ひ》かれちまった。救急車だ」

とっさに、駅前の店までバイクで出かけた妻の和枝の顔が浮んだ。

宮本は表に飛び出した。

中央車線を越えて、バスは斜めに停っていた。その後方に人垣があった。掻《か》き分けるようにして中に入ると、女が一人仰《あお》むけに倒れていた。母のみずえだった。目の玉を開いたまま口をあんぐりとあけて倒れていた。アスファルトの上を黒い血がゆっくりと流れていた。

救急車の中で母は息を引きとった。即死だったのかも知れなかった。


法事の会席から宮本はまっすぐ駅へ向った。見送りに来た叔母に宮本は突然、

「叔母さん、母はずっと独りだったんでしょうかねえ」

「えっ……何だって。いやだよ甚ちゃん。決ってるじゃない。そりゃあ、みずえは器《き》量《りよう》がよかったから、寄って来る男は多かったわね。それでも、みずえは甚ちゃん一人

だったのよ。どうしたのよ、変なこと聞いて可笑《おか》しいよ」

宮本は叔母に尋ねてみたいことがあったが、ケラケラと笑う叔母の表情にその話を切り出せなかった。

小郡《おごおり》駅から乗ったひかり号の食堂車で宮本は珈琲《コーヒー》を注文した。車窓に黄昏《たそがれ》の中国山脈が灰色の稜線《りようせん》を流し、その上に雲が千《ち》切《ぎ》れながらオレンジ色に染まり出していた。今夜は鎌倉ではなく、京都に店を出している後輩の処《ところ》を訪ねて一泊するつもりだった。途切れ途切れだったトンネルが長い闇に変わった。

先刻、宮本が叔母に尋ねようとしたのは、ある男のことであった。もう三十年も前のことだから、男の顔はほとんど覚えていなかった。ただ叔母が一度でも男に会っていれば覚えていると思った。その男は片腕がなかった。

——ある夏の日のことだった。

二

どうしてそこへ母と二人で出かけることになったのか、宮本は思い出せない。と言うのは、当時宮本は母とゆっくり食事をしたことさえなかったからだ。忙しく働いていた母が、一日仕事を放《ほう》って息子と二人っきりで山奥の温泉に行くことなど、後にも先にも、それが一回きりのことだった。しかし、近頃母のことを考える度にその一日が宮本の中で妙に鮮やかに浮んで来る。

八月の暑い盛り、宮本甚は、汗をかきながら母の差す赤い水玉色の日傘の下で私鉄バスを待っていた。二人ともひどい汗っかきだった。甚は母から渡された二枚のハンカチの一枚で学生帽のツバから額《ひたい》を伝わって落ちてくる汗をぬぐっていた。母も鼻にハンカチを当てて目を細め、ときおりやってくるバスの行き先を見つめながら立っていた。

「ねえ、きょうは泊《とま》るの」

「泊りはしないよ。忙しいんだから」

母と甚の立つ白い石道の上に、重なった二人の影が日傘と合わさって幽霊傘のように一本足を出していた。昼下りの駅は風が止まったまま、人も荷車も乾いた静物のように銀灰色に焼け、水ひとつない風景の中で二人のいる場所だけが真夏の光りを容赦なく受けていた。

甚は目を落したまま足元を見つめ、もしも靴の先のゴムが今この光熱で燃え出したら、困ったほど火傷《やけど》をするぞ、どこか水の中に飛び込まなくちゃあいけないとか、突然地鳴りがして甚達のいる一段高い待合いホームの石畳が、急に波のように揺れ始めたら、周りの人はどんな顔をするのだろうか、母と自分はどうするだろうか、車はどんな走り方をするんだろうか……と妄想を巡《めぐ》らせていた。

「甚、その目はやめてちょうだい。いつも言うでしょう、死んだような目になるから、母さん気持ちが悪いって」

子供の頃、宮本はふとした時に一点を見つめたまま空想に耽《ふけ》る癖があった。死人の目だと母に何回となく叱られた。

甚は母の声に揺り起こされ、当り前にバスを待つ顔をした。

クリーム色に青色の横縞《よこじま》の車体、ところどころ塗料の剝《は》げ落ちた古い私鉄バスはその面構《つらがま》えに似つかない、赤ん坊が口唇で遊ぶ時のあのプリプリと鳴らすようなエンジン音を鼻先でさせながらやって来た。目を細めて眺《なが》めるとバスは縞模様の昆虫のようだった。バスが停まると、切符売り場の建物の陰にいた二人の客が甚達の後ろに並んだ。

運転手は痩せぎすの頰のこけた男で、眼鏡の端に黒いゴム紐をつけてそれを後頭部で結んでいた。紺の帽子をいかにも、暑うてかなわん、と言ったふうにちょっとあみだに被《かぶ》りハンドルに頬杖《ほおづえ》を突いていた。車掌は若い大きな女で、白いシャツから浅黒い肌をむき出して、首から黒い鞄《かばん》をぶら下げていた。そして客から切符を受ける度に、切符切り器を拳銃《けんじゅう》のようにクルクルと回転させていた。

「今市、美《み》保《ほ》川《かわ》橋、左《さ》田《た》山《やま》、宇野町……終点堀部行きでございます」

駅から乗り込んだ客は、甚と母を勘定に入れて五人しかいなかった。柳行李《やなぎごうり》を持った若い男が後方の席の正面に一人。茶の洋服《ワンピース》を着た中年の女が大きなダンボールを三つも自分の前に置いて車掌の側《そば》にいた。そして出発の間際に扇子《せんす》で車掌の尻を叩くようにして乗り込んできた、えらく太ったホンコンシャツの男が、間《ま》に合った、間に合ったと言いながら、運転手の脇に腰掛けた。甚達は車掌の向かいに座った。

バスは警笛を鳴らして動き出した。甚の目の前に車掌の黒い靴があった。バスが揺れる度にその靴は八の字になったり二の字になったりせわしくそれでいて決ったように、前のめりは八の字、後のめりは二の字に動いた。車掌のむき出しの脛《すね》は肌が削《けず》りブシのように黒く光っていた。毛深い足だった。甚は車掌の靴下が右と左で長さが違うのに気付いた。見ると少し色の違った白っぽい靴下を履《は》いていた。見上げると車掌が甚をじっと見下ろしていた。視線が合うと甚は知らぬ顔をして前方を見た。

しばらくするとバスの中は窓から流れ込む風で涼しくなった。それでも路の角々で停まると硝子《ガラス》越しに八月の陽差しが、背中や首筋を刺すようにぶつかってきた。

「ねえ、何しに行くの」

「陣中見舞いと、言うとこね」

「何、それ」

「この夏の暑い中、働いてる人にお見舞いよ」

「病気」

「まあ、病気みたいな仕事だね」

「ふうーん誰なの」

「行けば、わかるわ」

「ふうーん」

車掌が話を聞いていた。嫌な感じだと思った。睨《にら》むと車掌は外を見るようにして横を向いた。

「知ってる人」

「知らない人に見舞いは行かないよ」

「なんでそんな山の中にその人はいるの」

「仕事でよ」

「ふうーん」

バスは美保川を越えて川沿いのジャリ道を走っていく。先刻までの街中《まちなか》の舗装された道と比べてバスの中は小刻《こきざ》みに揺れ出した。大きな曲り角の停留所で頭に白い手拭い被《かぶ》ったもんぺ穿きの老女が二人、身の丈《たけ》より高い荷を背負って、ドッコイショッと声を出して乗ってきた。角を曲ると行く手に今が盛りである中国連峰の黒い稜線が群青《ぐんじょう》の空の下にくっきりと姿を見せた。道はゆるい坂道に変わった。単調な走りをしていたバスは右に左に車体を揺らしながら上っていった。

「ねえ、母さん、酔わない」

「大丈夫、こう言うのは気持ちの問題だから。電車はダメだけど、バスはいいの。今まで一度も酔っていないから、ご安心」

バスは小三十分走ると山裾《やますそ》の小さな停留所で停った。

「堀部よりのバスの通過を待ちますので少々お待ち下さい」

運転手は客より早く帽子を椅子に投げて薄青色の開衿《かいきん》シャツの胸元を摘《つ》まんでバタバタさせながら降りていく。その後を追うように扇子の男が大きな欠伸《あくび》をして続いた。老女も若い男もそれぞれの荷物をバスに残して降りていった。車掌は全員が降りるのを見届けるようにしてトタン屋根だけの粗末《そまつ》な停留所の中にトボトボと入ると、運転手と話をするふうでもなく空だか雲だかを見上げて口を開けていた。そこはバス二台がすれ違えるほどの小さな広場で停留所の真向いに傾きかけた平家《ひらや》の雑貨屋がポツンとあった。雑貨屋の後ろには雑木林が続き甚の立つ停留所の背に大きな銀杏《いちょう》の木が聳《そび》えていた。その影が舟の帆のように雑貨屋の屋根瓦まで伸びていた。二、三十歩先の雑貨屋までの地面は乾き切って眩《まぶ》しいほどの白色で、小石の黒だけが宝石のように光りを放っていた。

扇子の男が店先でラムネを飲んでいた。

「ねえ、ラムネ飲みたい」

「そうね……暑いものね」

甚と母は雑貨屋へ歩いた。軒先《のきさき》から吊されたタワシの束の下にセルロイドの風鈴《ふうりん》が音を立てずにあった。雑貨屋の中は暗く、煮スルメの臭いがした。

「下さい。ラムネ下さい」

「どうぞ、取っちゃって下さいな」

奥の方からかすれた老婆の声が返ってきた。店先の水箱の曇り硝子《ガラス》をそっと開け、銀の水箱を覗《のぞ》くと水底に縮んだままのラムネやジュースの壜が並んでいた。

「取っていいのかな」

母は奥を窺《うかが》いながら手を水箱に入れた。すると甚の鼻の周りをふわりと母の化粧の匂《にお》いが包んだ。甚はチラッと母の横顔を見た。

「あっ、僕開けるよ」

天井からゴムに吊した栓抜《せんぬ》きがあった。それを引っ張ると伸びきったゴムで顔を真っ二つに割られた老婆が甚を奥から見つめていた。薄暗い中から近づく老婆が鬼ババのように見えて一瞬ドキリとしたが、まばたきをすると歯の抜けた愛想《あいそ》笑いの老婆に変わった。

「甚、駄目よ」

「どうぞ、構わんよ坊ちゃん、ポーンとね」

期待に反してビー玉は音も立てず壜の中に落ちると白い泡が溢《あふ》れた。あわてて口を付けて一気に飲むと急にお腹が膨《ふく》らんで、ゲップと大きなおくびが出た。

「いやあねえ」

「飲む？」

母は首を横に振って手もわずかにそうした。近所の女衆がシュミーズ姿でゴクンゴクンと、こんな美味《おい》しいものはないと言った顔でラムネを飲む顔が浮んだ。母はどうしてそうしないのだろうか。ラムネが嫌いなのだろうか。

「ねえ、飲まない？　少し飲みなよ、冷たいよ」

母はそっと罎を取り、一口ほど顰《しか》めっ面をして飲むと口をすぼませて、もうたくさんと言った顔をし、罎を甚に返した。すぐそばで扇子の男が口に含んだラムネをプウッと道に吐き出した。乾いた白土が煙を上げてラムネを吸った。

「もったいないね」

「よしなさい。見るの」

山の方から菜《な》っ葉《ぱ》服の男が三人大声で笑いながら停留所の方へ降りて来た。運転手は首に手拭いを当て目を閉じて長椅子の上で眠ったようにしていた。車掌は堀部から の道を見ていた。バスだけが銀杏の木の横に日陰《ひかげ》を見つけられずに、捨てられた鉄竈《てつかまど》のように暑そうに停っていた。

「ねえ、あのおじさん、家に来る頼母子《たのもし》屋のおじさんに似てない」

「よしなさいって言ったでしょう。人のことを見るの、ほら汗が」

母は手にしたハンカチで甚の鼻をおさえた。ハンカチに付いた母の化粧の匂いが甚を包んだ。目を閉じて吸い込むと身体が熱くなった。あやうくよろけそうで目を開けると、母は日傘をさして停留所の方へ歩き出していた。後姿の帯に更紗《さらさ》ヤンマがとまっていた。

「あっ、ヤンマ」

飛び出そうとした甚の目の中でヤンマはサーッと飛び立ち、あとには赤い芍薬《しゃくやく》の帯模様が鮮やかに残った。

バスが雑木林の坂道から降りて来た。車掌が声を上げた。皆ぞろぞろと乗り込んだ。


坂道を上り始めると山は急にバスにのしかかるようになり、道は狭く暗くなった。ときおり窓硝子に突き出した枝がギリリと冷たい音を立てた。窪地《くぼち》に出会《でくわ》すとバスはトンと跳《は》ねた。他の乗客は皆平気な顔で身体を預けて右に左に揺れていた。甚達だけが不器用に前へ後ろへ揺れていた。

「しかしのう、左田山《さたやま》の道もどうにかならんもんかね」

扇子の男が誰に言うでもなく声を上げた。

「そりゃあ、旦那《だんな》。あんたの甲斐性《かいしょう》でトンネルでも、ひとつ掘ってもらわにゃあ」

菜っ葉服の男が笑いながら答えた。そうじゃ、そうじゃ、と他の二人が笑った。

「ダムかね、あんたらは」

「女かね、娘かね、旦那は」

ヒヒヒッと四人の男の声が車内に響いた。

「ねえ、やっぱり似てるよ」

「何が」

「ほら、あのおじさん、頼母子屋……」

「そう言うの嫌いって言ったでしょう」

「けど……、ねえ、家の方より三円安いね」

「何が」

「ラムネだよ。家の方は二十五円だよ」

「へえ、詳しいのね」

「……ねえ、こうして踏ん張るといいみたいだよ」

母はガニ股《また》に開いた甚の足を見つめて、少し腰を上げ直し、そうね、と言った。その時甚は母が今まで見たこともない銀鼠色《ぎんねずいろ》の眩《まぶ》しい草履《ぞうり》を履いているのに気付いた。白い足袋《たび》から細い銀の鼻緒《はなお》が光っていた。

バスが喘《あえ》ぐような音を上げた。車掌の背から扉を開けたように陽差しが流れ込んだ。どの窓にも黒緑の連《つら》なる山々が見えた。甚は横目で母の顔を見た。青い光の中で口紅がひんやりと浮いていた。身体が熱くなった。母の姿はどこを取っても眩しく感じられて、そのことを話してみたいが、いけないことのようにも思えた。

「ヤンマはいるかな」

「ヤンマって」

「トンボだよ、大きな」

「うーん、そうね。いるんじゃない。山の中だから」

「捕《と》りに行っていい」

「時間があればね。ねえ、どうして汗を拭《ふ》かないの。ハンカチがあるでしょうが……」

母の手が近づくと、

「ある、ある。汗っかきだからな」

甚は初めて見る母の華やかさに戸《と》惑《まど》いながら母のそばにいることを少し窮屈《きゅうくつ》に感じた。

車掌の方を見た。車掌はあごを突き出して前を真直ぐ見ていた。その車掌の向う側を椿葉の色に似た黒く萌《も》えた中国連峰がパノラマのように駆けていた。

「ここから先、揺れますのでご注意下さい」

バスは速度を落とし、悲鳴のような音を立てて険《けわ》しい道を上り出した。扇子の男は口を一文字にしていた。口笛を吹いていた菜っ葉服の男も黙り込んだ。車掌の首から下げた黒鞄が振子《ふりこ》のように揺れていた。

山の頂《いただ》きから鳶《とび》が墜《お》ちるように速い勢いで流れて行った。

母は目を閉じていた。道は先刻よりも下り坂が多くなり、バスのエンジン音にも運転手の背にも余裕が感じられた。母の額《ひたい》には幾粒もの小さな汗の玉が光っていた。しかし車内は日陰の増えた山道からの風でひんやりとしていた。どこかでこの冷たさに前に逢っていた。どこで逢ったんだろう……そうかアイスクリーム屋の扉を開けた時のあれか、と母を見た。帯に描かれた芍薬が背後から脇に伸びて、その花に草履と同じ銀鼠色の帯止めが重なった。両手を膝の上に乗せ、白い指先が木綿のハンカチを握って、薬指に真珠の冠が付いた指輪が鋭く光っていた。今日に限って母の持ち物が不思議に眩しく見えた。

「馬鹿天気が続きやがる」

「雨でも来んにゃあ、たまらんの」

「マンツキの悪い工事に当ったのう」

「本当じゃ、開地へ行って女児《おなご》も見れんの」

「言いやがる。おまえのは見るじゃのうての……じゃろうが、この助平たれが……」

　ククッと、菜っ葉服の男が口笛の男の肩を摑《つか》んで押しつけるように笑った。扇子の男も釣られて笑った。運転手の背もそう映った。男達の鄙猥《ひわい》な笑い声が車内に響いた時、急に母がウッと喉《のど》の奥から奇妙な声を上げた。母は口に蓋《ふた》をするように慌《あわ》ててハンカチを当てると誰かに背中を突かれたようにピクリと屈《かが》んだ。ハンカチの端からわずかに白い液が零《こぼ》れ出し、母は空《あ》いた左手でそれを抑《おさ》えた。顔半分を手で隠したものだから額に寄った皺《しわ》が苦しい口の中を思わせた。

「……大丈夫……？」

　小声で聞いたつもりが大声になって、バスの乗客が一斉《いっせい》にこちらを向いた気がした。

「ねえ、ねえ……大丈夫？」

　母は小さく頷《うなず》いてすばやくハンドバッグからもう一枚のハンカチを取り出し、それを拡《ひろ》げようとした。が、今度は首と肩を同時にピクつかせて、ウッと低い声を発するとそのまま床に手を突いて黄色い汚物を吐いた。吐物に車内の視線が集った。母はハンカチの一枚でそれをサッと拭き寄せるとクルリと窓の方へ向き直り、額を座席の端に付けた。乗客も車掌も、そして甚も時間が止まったようにその一瞬の動作を黙って見つめていた。運転手だけが下り坂を速度を上げて降りていた。

「ねえ、大丈夫……?」

母は頷くともう一枚のハンカチを口に当ててジッと動かなかった。甚はどうしていいのかわからなかった。大人達を見るとただ黙ってこちらを見ているだけだった。母の肩に手を伸ばした。すると母はハンカチを袋のように摘《つま》んで、ウイッと鳥のような声を出してハンカチの中に汚物を吐き出した。しかし母の拵《こしら》えた袋は一方が崩れ、床の上に黄色の吐物が流れ落ちて拡がった。バスの中に酸《す》っぱい臭いが流れた。

「すみません、停車、停車願います」

車掌が運転手に声をかけた。

その間にも母は二度、三度と吐いた。

「大丈夫ですか」

車掌は車が停まると母の背を叩いた。蒼い顔を上げると母の目に涙がたまっていた。

「奥さん、いっぺん降りてもどして来いや」

菜っ葉服の男が笑うように大声で言った。甚はその男の言い方にひどく腹が立った。

母は車掌に促《うなが》されて、立ち上ると喉の奥から他の客に謝《あやま》るようなことを言いながら一礼をした。そして降りようとしながら振り向いて床の吐物をハンカチで拭こうとした。

「あ、いいですよ。それはやりますから」

ぶっきらぼうな車掌の言い方にも腹が立った。

「……もったいないのう。おまえ、あれ喰うて来いや。べっぴんのだから美味《うま》いでおう」

甚は菜っ葉服の男を睨《にら》んだ。しかし大人達はそんなことはおかまいなしに、

「まあこの暑い時に、停ってしまうとたまらんのう」

悪臭がたまらないと言う顔で扇子の男が窓を開けた。車掌が一人で帰って来た。どこから持って来たのか雑巾《ぞうきん》とバケツを持って掃除を始めた。吐物は甚の靴元まで流れていた。

甚はこわごわその吐物を見つめた。車掌はそれをひとつに寄せては雑巾で摘まみ上

げていた。

その時、雑巾の間からピョンと飛び出たものがあった。油を敷《し》いた木目の床の上でそれはキラリと光っていた。車掌が一瞬、手を止めて見つめた。何だろう……それは眼の玉の残ったまるまる一匹の、煮子《いりこ》だった。どこにも噛み跡のない煮子だった。黄土色の吐物の中で、煮子は生きているかのように身を反《そ》らしていた。

甚は煮子が嫌いだった。母は煮子を味噌汁のダシに使い、甚に食べさせようとした。それを食べ残して、母に殴《なぐ》られたことがあった。『家《うち》は金持ちじゃないんよ。食べられんのならごはんも食べるな』。それでも甚は、頑《がん》として煮子を食べなかった。

車掌は煮子を握りつぶすように雑巾で摑むと無造作にバケツの中に捨てた。

その時、甚はこの煮子を母は何時《いつ》食べたのだろうか、と思った。姉と母の三人きりの家で、甚は母が食事をしている姿が浮ばなかった。甚が食べている時は決って目の前には姉しかいなかった。思い出そうとしたが、やはり母の食事をしている姿は現われなかった。きっと忙しさの中で座る間もなく、母は残り物の味噌汁を食べていたのだろう。そう思うと甚は急に、母が哀れに思えてきた。

「おーい、早うせんかい。いつまでも、このくそ暑い中にゃあ、おれんぞ」

菜っ葉服の男が怒鳴《どな》った。甚は悲しさで鼻の奥が熱くなった。今すぐ立ち上って、母の元に行ってやりたかったが、それが出来なかった。

「おーい、日が暮れるぞお。置いて行くか」

甚は立ち上ると、バスを駆け降りた。母は緑の道の向うからうつむいたまま急ぎ足でこちらに歩いてくるところだった。

「もう、いいのか、母さん」

母は顔を上げると、蒼白い顔で笑った。甚も精一杯の作り笑いをした。

三

京都に着いたのは夜の八時を少し過ぎた時刻だった。

宮本はタクシーを四条河原町で降りると、木屋町を高瀬川沿いに歩いた。風にはもう秋の冷たさがあった。

福花、と麻暖簾《あさのれん》に藍で染めてあるのを見れば、関東の一見《いちげん》ではとても鮨屋には見えない店構えだった。おまけに葦戸《よしど》をひとつ開けなくてはいけなかった。

柏木《かしわぎ》は花板《はないた》に立っていた。

「甚さん」

驚いた柏木の目は銀座の修業時代と変わらなかった。脇が一人、奥に二、三人いる気配だった。かなりの店である。

「電話があったのは聞いてたんですが、自分、留守にしてて、すみませんです」

「いいんだよ、ちょっと寄っただけだから」

「こっちは、何で」

「おまえの顔を見よう、と思ってさ……いや、お袋の法事でな、山口の方へ帰ったもんだから」

「あっ、そうですか……そうでしたね。じゃあ、もう七回忌ですか」

「そうだよ、早いものだ」

あの日、柏木は長谷に助《すけ》に来ていた。そのまま十日近く柏木は鎌倉を助てくれたのを宮本は忘れてはいない。

「お一人で」

「……うん、まあな」

「和枝姉さん、お元気ですか」

「……うん、相変らず色黒でいるよ」

柏木は和枝のことを姉さんと初めから呼んでいた。銀座の時代は三人してよく映画や野球場に行った。柏木は親の代からの鮨屋の伜《せがれ》のせいか、ぼんちふうのところが素直で、宮本も修業時代、彼を可愛がっていた。

鱸《すずき》のあらいが出た。切子《きりこ》の皿が葡萄色《ぶどういろ》に艶《つや》を浮かして、鮮やかだった。

「美味《うま》いなあ」

「いやあ、宮さんに賞《ほ》められると何か、おっかないな……」

柏木が照れ笑いをした。奥の暖簾が開いて小柄な女が一人現われた。

「宮さん、お袋です。かあはん、銀座の時お世話になった、宮本さん」

「いやあ、息子から、お話よう聞いとります。えろう、お世話下さったそうで……」

柏木ほどの歳の息子がいるようには、ちょっと見えない、愛らしい女将《おかみ》だった。

「あ、そうどっか、ご法事どすか……」

こういうタイプの鮨屋の女将もいるのかと、宮本は思った。その所作《しよさ》はおっとりとして、芸妓《げいこ》のように感じられた。柏木と柏木の母を見ていると、宮本には、こんな親子もあるのか、と思えるほど二人の素振りは睦《むつ》まじかった……。

宮本が鮨職人になったのは、今考えると、母のみずえのせい、いやお蔭と言っていいだろう。宮本は山口県の小さな街で生れた。十一歳違う姉の道子と二人姉弟で、父は宮本が三歳の時に亡くなった。みずえは女手ひとつで、昼間は駅前のうどん屋やら新地の仕出し屋で働き、夜は叔母の料亭で仲居頭《がしら》のようなことをして子供二人を育てた。甚は中学を卒業する冬にみずえから東京の高校へ行けと言われた。甚は中学から野球部に入っていた。東京の高校で野球をやらせてくれるなら、俺は行ってもいいわ、と答えたら、そうさしてやる、と言われて、親子は別々の遠い場所で暮すようになった。中野新橋の下宿から甚は高校へ通った。三年の間、甚は一度も帰省しなかった。おまえは男だから、もうあんな街は捨てて東京《カミ》で一本立ちをしなさい、とみずえは突きはなすように甚に言った。そのかわりに夏と冬、みずえは甚に会いに上京した。上京するとみずえは甚を銀座の鮨屋に連れて行った。それが、美花鮨だった。毎日、中野のグラウンドで日が暮れるまで球を追う甚にとって、銀座の華やかな空気は目を細めるほど、眩《まぶ》しかった。帰り道、みずえは、

「鮨屋はええねえ、鮨の職人は、本当に男っ振りがええ。いろんな職人が世間にゃ、おるけれど、母さん、鮨屋が一番好きだねえ」

そんなことを地下鉄の中で話したりした。まるでレールが敷かれていたように、甚は美花鮨へ修業に入った。十五年働いた。やめて行く者、逃げた者、いろんな若衆が

甚の側《そば》を流れて行った。盆過ぎと正月過ぎ、必ずみずえは上京した。二人して飲みに行くと、

「ええかね、新聞だけはよう読んどかにゃあいけないよ。いい客はやっぱりそれなりに成功した人だから、勉強をしとるわね。大学も出とる。その人と、世間の話が相手できないといかんからね。博奕《ばくち》はいかんよ、絶対に。それから女もじゃ。水商売は博奕と女で崩れるから……」

宮本が新橋の支店をまかせられるようになってから、みずえはポツポツと独立の話をするようになった。銀座の花板から、新橋の宮さんと呼ばれるようになった頃には、宮本もみずえの考え方がわかるようになってきた。と同時に自分のぼんやりした先行《さきゆ》きが見えるようになっていた。そんな頃に和枝と会った。日比谷通りの印刷所に勤めていた。品書きを注文した時に店に来たのが和枝だった。名刺などの小物は和枝が自転車で配るらしく昼間裏道でしたごしらえをしている宮本とちょくちょく会うようになってお互いが話をするようになった。和枝の存在だけが母の思惑《おもわく》と違うところで進んで行った。母に和枝を初めて紹介した時、母は和枝に息子がいかに立派な男かを、くどくどと説明した。二十人足らずの小さな結婚式だった。式のさいちゅうも仲人の美花鮨の親方の側でみずえは呑気《のんき》な顔をして欠伸《あくび》をしたりしていた。独立はこれ

もみずえの敷いた目算《もくさん》通り、円満に行った。鎌倉に来てから三年は浮いたり沈んだりであったが、四年目からは、店はなんとか恰好《かっこう》のつく仕事になった。計算違いは、開店の日のみずえの死だけだった。

ＡＳＵＫＡという名のその酒場は高瀬川沿いにある小さなカウンターだけの店で、福花がはねるまで宮本はそこで柏木を待つことにした。バーテン一人が黙ってカウンターの中に立っていた。客はもう一人中年の男が静かに飲んでいた。昔、銀座の親方に連れられて行った皇居前のホテルのバーに似ていると思った。棚には随分といろいろな洋酒が並んでいた。音楽も落着いていた。水割りを注文すると丁寧《ていねい》に磨かれたグラスに角氷をひとつ落してゆっくりと音もなしに男は水割りを作った。

宮本は柏木を待ちながら、来るまでの新幹線の車中で思い起していた夏の日のことを考えた……。

「それじゃまあ、少し横になりんさった方がよろしいでしょう。監督事務所にも、連絡を入れときましたからに……どうぞ、どうぞ……」
案内された部屋は二間続きになっており、正面の奥に大きな屛風《びょうぶ》があり、二羽の鶴が描いてあった。開け放たれた窓からイオウの匂いがかすかにした。

「坊ちゃん、暑かったじゃろう。大きな風呂があるから、入りなさい」
前掛けをした旅館のおばさんは顔見知りのように甚を見て笑った。

「入っておいで、母さんちょっと休むわ」

「大丈夫か……」

「大丈夫。少し横になりゃ、戻るわ」
甚はそれでも母の側に付いていようと思った。

「汗が臭うから、甚、温泉に入ってきなさい」
長い渡り廊下を歩いて甚は露天風呂に入った。風呂に入ると空がまだ明るかったので遊んでいるような気持ちになった。しかししばらくすると、母のことが気になった。熬子《いりこ》と冷や飯に味噌汁をかけて搔《か》き込んでいる母の姿が浮んでまたみじめで悲しい気がした。早々に身体を洗って甚は部屋に戻った。
その男は作業服のまま屛風を背に座っていた。

「息子ですわ」

「ほう、さよか」

「甚、何、突っ立っとるん。挨拶せんとー」

「こんにちは」

「さよか、さよか」

男は左手を顔まで上げて手刀を切るように髯《ひげ》だらけの顔を崩して頷《うなず》いた。その手をそのまま机の上のビール壜に伸ばすと、母がそれを取って、男のグラスにビールを注ぎながら、

「ダムの方で疲れとるでしょう。見舞いに来たんじゃから……」

と、優しい声を出した。甚はゆっくりと母の背後に回った。床の間《とこのま》に腕が落ちていた。

一瞬甚は足をすくわれたように立ち止まって、その茶褐色に光る腕を見つめた。

「どうしたの、そんなところに突っ立って」

母は甚の顔を見返した。甚は母の目と床の間の腕を交互に見た。

「びっくりしたやろ。おいさんの手じゃ、ほれ見い」

男は左手で自分の右肩を叩き、空っぽの右の袖《そで》を摑んでプラプラと振った。

「戦争じゃ、爆弾でボーンじゃ」

甚は町の祭りで見る白衣の傷痍《しょうい》軍人の姿を思い出した。

「何、見とるの。座りなさい」

母はまたビールを注ぐと、男はグラスのビールを飲み干し、グラスを持った手で器用に口を拭いた。男が美味そうに笑うと、母もかすかに微笑んだ。


鳥なのか獣なのか、かん高い声が響いた。その鳴声で甚は目覚めたと思った。しかしそうではなかった。母が起き上って部屋を出ようとする気配で目覚めたのだった。

「母ちゃん、どこ行くの」

「何、起きてたん」

「……うん、今」

「早う寝なさい。明日一番のバスよ」

「小便か」

「ううん、すぐ戻って来るから」

「…………」

母の足音が次第に遠《とお》ざかると、甚はこのまま母が帰って来ないような、訳の解らない不安に襲われた。バスでの悲しい出来事、身体を悪くして横になっていた母、見知らぬ男と笑いながら話す横顔、黒く光った手、それぞれが遠のいては近づき、近づいては離れて、甚の頭の中を混乱させた。障子越しの月明りに陰を作る庭の杉影が、得《え》体《たい》の知れない物の形を拡げて甚に覆《おお》いかぶさってきた。長い時間だった。もう母も自分もこのままどこか遠くへ行ってしまうような長い時間だった。

足音が近づくと甚は上半身起き上ってそれを待った。スーッと襖が開いて、母の影だとわかると、甚は母の身体にぶつかるようにしがみついた。母ちゃん、それっきり先は声にならず、母の浴衣《ゆかた》にしがみついたままオイオイと泣いていた。

「どうしたの」

甚は首を横に振り続けて泣いていた。母が膝を落すと甚は母の首に手を巻きつけて、柔らかい項《うなじ》に顔を埋めて泣いた。

「可笑《おか》しな子じゃなあ、遅うまで、起きてからに……」

宮本がものごころついてから、母の身体に顔を埋めて泣いたのは、その夜だけだった。

「宮さん、……遅くなってすみません」

柏木《かしわぎ》の声だった。バーテンがかすかに笑っていた。時計を見ると少し眠ったらしい。

「疲れたんでしょう。宿を取っときましたから……」

宮本は高瀬川を柏木と肩を並べて歩いた。観光ホテルまでは十五分足らずだった。

フロントで柏木は、

「じゃあ、自分、明日の朝迎えに参りますから」

「少し、飲んでくか」

「いや、先輩、今日はもう眠られた方が」

「……うん、そうだな」

宮本は少し頭痛がしていた。

「じゃあ、明日」

「うん……、あっ、柏木。清水《きよみず》の、三年坂ってのは、ここからは遠いのかな」

「いや、歩いて十五分ですよ」

「……そうか」

「見物なら、自分、案内しますよ」

「いや、そうじゃないんだ。明日、起きたら電話入れるよ」

「そうですか、じゃ、待ってます」

「うん……お母さんに宜《よろ》しくな」

「はい」

四

清水寺への道を宮本はゆっくりと歩いた。

坂道を登りながら妻の和枝と争い始めた夜のことを思い出していた。それはささいなことからだった。四月の中頃、鎌倉はいたる場所に桜の花が咲く。その客が店へ来たのは九時過ぎだった。常連ではないにしても鎌倉の大店《おおだな》の旦那と連れだっていた。鎌倉は古い街だから人と人、家と家の関係がいりくんでいて、そこら辺《あた》りは宮本も随分と気を使って仕事をして来た。

客は三組で、握《にぎ》り前《まえ》に二組、座敷に一組いた。三人連れの客が入って来て、握り前は一杯になった。その客は夜桜の帰りらしくご機嫌だった。その分、声も大きかった。座るなり左端の短髪の男が隣りの女客の尻をさわった。キャッと声がして、あっ、メンゴ、メンゴと笑った。酔っぱらいは百も千も見て来ているから宮本もどうと言うことはない。客の顔を福の神と見ないで、お札と思えば済むのである。

その男が立ち上って歌い出したのはまもなくのことだった。一曲、二曲……三曲と大声で流行《はや》りの歌を歌った。座敷の客が笑いながら、迷惑そうな顔で店を出た。四曲目を歌い出すと、それはでだしですぐ春歌とわかる歌だった。和枝が宮本を心配そうに見た。

「お客さん、それ止めて下さいな。かんべんして下さいな」

と愛想を作って宮本は声を掛けた。

宮本は人間と言う者はどんなに酔っても、どこかに意識はあるものだと思っている。まして耳が聞えないはずはない。

「お客さん、それかんべんして下さいまし」

しかし男は宮本の言葉を無視して続けた。どうにもわからぬほど飲んでいるのなら、そこら辺りは宮本にも見抜ける。だが、その男はむしろ挑戦的にそうしていた。和枝と目が合った。よして、そんな素振りを和枝はした。

宮本は包丁を置くと、

「お客さん、ここは飲み屋じゃねえんだ。そう言う歌、歌いたいなら、他所《よそ》へ行って、やって下さいよ」

「何を、もういっぺん、言ってみろ」


その夜、和枝は愚痴《ぐち》をたらたらと喋り出した。夫婦の会話などと言うのは、何もない方がむしろ平穏《へいおん》である。いらぬ愚痴が重なった。宮本は何年か振りで、和枝の横っ面をはたいた。明け方まで、宮本は酒を飲んだ。カーテンの向うが白みはじめた。どこからともなく、

「鮨屋はやっぱり、銀座じゃなくっちゃあねえ、甚」

とみずえの声がした。すると宮本は胸の引き出しが勝手に開いたように、隣りの部屋にいた和枝を呼んで鮨屋の女房はこうでなくちゃあいけない。おまえは、たまには着物くらいは着て店へ出るべきだ。勉強が足らな過ぎる。出前へ行ってからの帰りが遅い。店の中で大口を開けて笑い過ぎる。ビールがちゃんと冷えてない。……どこからこんなにも不満が出るのかと思えるほど文句を並べた。

翌朝、和枝は実家に帰った。十日ほどして実家の母に説得されて帰った和枝から、

「あなたは、義母《かあ》さんのようなひとを女房にすればよかったのよ」

と突慳貪《つっけんどん》に言われた。宮本は母のことをそう言われると、腹が立った。

「ああ、探してみるよ」

冷たい空気が流れ出すと、後はもう成り行きのところもあった。まな板に夕方付いた傷はその夜の内にたわしでつぶしておかないと、二、三日するとそこにはもう消えない傷が残る。人間の関係なんて、あやふやなものだ。そうは知っていても宮本は、なぜか和枝とのことが面倒臭く思えた。そんな関係が子供もなしに、ひとつ屋根の下で続くと、いい加減に嫌になる。それでなくとも短気な性格が、みずえの七回忌のことで、またひと悶着《もんちゃく》があった。行き来のある親戚がある訳でもないのだから、何も田舎へ行ってやることもない、と主張する和枝に、宮本は呆《あき》れてしまった。

別離《わかれ》話を言い出したのは、どうしても田舎まで行きたくないと言う和枝のかたくなな目を見た時だった。

「駄目なら、駄目でいい。俺のお袋だからな。……和枝、このまま一緒にいても、しようがねえや。な」

「そうね。そうよね。あんたは結局、私なんかより、義母さん、義母さん、死んだ後になっても義母さんなのよ。……あんたが別離《わかれ》たいのなら……私、考えてみるわよ」

清水寺から南の街並みを見ると、宮本はその広々とした光景に、やるせない気持ちがした。そうよな、お袋はとうの昔に死んでいる。しかし、俺一人を育てるために、女手一つでやって来て、これからだと言う時に死んだお袋はどうなるんだ。再婚もせず、俺だけが楽しみで、朝から晩まで働いたお袋の一生は、どんなふうに助けて貰うんだ。お袋は俺をこうして一人前にするだけのために生きてきた。俺を東京によこし、鮨職人の話を聞かせ、仕事を見せ、その挙句みっともない死に方をした。世間には、辛《つら》くて児《こ》を捨てる連中が幾らもいるじゃあないか。そのお袋をおまえはそんなふうに言えるのか。

七味屋《しちみや》の角を曲って、駐車場沿いに坂を下ると、瀟洒《しょうしゃ》な佇《たたず》まいの家が二軒並び、その間に籠《かご》を並べた竹細工屋《たけざいくや》があった。

「すみません」

「はい」

「すみません」

「どうぞ」

座敷に胡座《あぐら》をかいたまま老人が一人籠を編《あ》んでいた。

「何どすか……」

老人は無愛想《ぶあいそう》に宮本を覗《のぞ》いた。奥から、若い女が出て来て、

「すんまへん、何差し上げまひょ」

とエプロンで手をもんだ。

「いえ、ちょっとお伺《うかが》いしたいんですが、この受取書は、こちらのお店でしょうか」

「へえ、うちのもんどす」

「実は、もう六年も前になるんですが、私の母がこちらへ買物に参りまして、時間の都合で取りに伺えませんで、いえ、なにせ、昔のことですから、もう品物がなければ結構なのですが……」

女は怪訝《けげん》そうな顔をして受取書を眺め、

「すんません、うち、去年、母が亡くなりまして、こう言うのは、わかりませんのどす……」

「見してみい」

老人が目の玉をむいて言った。

「何、買いはったんか」

「それが、ちょっと、母が来たもので。いえ、では、結構です」

「ちょっと、待っとくなはれ」

老人は立ち上ると奥に行き、新聞紙の包みを持って帰って来た。

「これ、見とみなはれ」

色褪《いろあ》せた新聞紙を開くと、それは黒塗りの花籠《はなかご》であった。裏を回すと竹軸に、かまくら美花鮨、と刻《きざ》まれてあった。

「ああ、これに間違いありません」

宮本は小さな編み目の感触が、母の肌ざわりのようで、両手に懐かしい温《ぬく》りを感じた。

「気になっとったんや。……その蟬籠《せみかご》。あんた……息子さんでっか」

「ええ」

老人の眼が急にやさしく変わった。

「元気にしとりはりまっか、あのお母はん」

「……六年前に亡くなりまして」

「……そうどっか、そりゃあ大変どしたな。……お父はんはお元気で」

「えっ」

「お父はん、たしか、戦争で腕を悪うしはった人でしたな……」


坂道を下りながら、宮本は竹細工屋の老人が話した母とあの男の様子を思い返した。

何か長い時間をかけて、母に騙《だま》されていたような気がした。何から何まで息子のために生きているふうな顔をして世間を早脚《はやあし》で歩きながら、ちゃんとあの銀鼠の帯の奥に母は愛らしい一人の女を隠していたのだと……。カサカサと蟬籠を揺らすと夏の日の日傘を差してバスを待っていた母の姿がよぎった。思い出す度にせつなくしか映らなかった母の顔が、かすかに微笑んでいた。

「馬鹿だね、甚。女房一人うまく仕切れないのかい」

という顔をしていた。

そうかも知れないな。すると、和枝の顔が浮んだ。

宮本は少し急ぎ脚になろうとして、身体を傾けた。三年坂の石畳にパラパラと雫《しずく》が走った。

見上げると雲間に陽は差して、天気雨である。

皐月《さつき》

一

惇《あつし》は正作《せいさく》が五十歳の坂を下りはじめた時にひょっこり生れた男児《おとこのこ》であった。中の娘が嫁《とつ》いだ翌春のことだ。

初めにその知らせを女房の晴《はる》から聞いた夜、正作は驚いた。未だ独り身《ひと》の末娘も東京で教師になり穏《おだ》やかな便りをよこすようになった静かな秋の夜であった。晴は近所の手前、産むことを思いあぐねている様子で正作の耳元にその事を打明けて来た。

正作はしばらく天井を見つめて、

「産め」

と一言、晴に言った。

惇は周囲の気遣《きづか》いを外《よそ》に安産のまますくすくと育って行った。

正作は幼い惇を連れてよく出かけた。惇が小学校へ上るようになってからも仕事がてらの買付けや催し物、祭りがある度に正作は車の助手席に息子を乗せて家を出た。

正作はもう六十歳を越えていたが、若い時分から身体《からだ》を使う仕事を続けていたせいか、見た眼は随分と若く感じられた。四十歳前まで浜相撲の大関を張っていた身体は脹《ふく》ら味《み》が付いていたものの、潮風に鍛えた肌はまだ張りを失っていなかった。

晴は惇に対する正作の振る舞いに他の三人の娘達とは違う夫の姿を見ていた。それはやはり惇が男子であることのような気がした。


送り梅雨《づゆ》の激しい雷の中でも平気でいた晴自慢の紫陽花《あじさい》は、最後の彩変《いろが》えをして眩《まぶ》しい夏の光りの中に何やら言いたそうな顔でいた。この年の夏はいつもより永い梅雨のせいか雲が海を白く染めはじめた時はいきなり真夏の日射しになっていた。家の中で絵本を読んだり晴の衣更《ころもが》えの手伝いをしたりで手持ちぶさたな顔をしていた惇の足元が、急に伸び上るほど勢《はず》むのを正作は見ていた。

「惇、青煙に笹を取りに行くか」

「アオケムリ」

「そうじゃ、青煙の峠へ笹を取りに行くぞ」

正作は笹を横に振り上げる仕種《しぐさ》をして笑って見せた。聞いていた晴が、

「島田君に行かせればいいじゃありませんか。雨上りで峠の道は危のうございましょう」

と言った。

「島田は駄目じゃ。去年も役に立たぬ笹ばかりを切って来た。大方《おおかた》、山の中には入らず、道沿いの安笹を切ったに違いない。七夕には皆白く枯れてしまったじゃないか。あれでは駄目じゃ。惇、行くか」

「うん」

惇の瞳が輝いて正作を見つめた。

日曜日の明け方、惇は晴の用意してくれた弁当の折をリュックに詰めてもらい、エンジンを温めていた正作のトラックの助手席にぴょんと飛び乗った。まだ商店街の突当りにある醤油工場の煙突に朝陽もかかっていない。

「青煙は遠いのか」

「なあに二時間もあれば着くて」

「山の中にあるのか」

「そうじゃ」

「高い山か」

「高くはないが、この辺《あた》りの山みたいに音無《おとな》しゅうはない」

「音無しゅうないのか」

「そうよ。兎《うさぎ》やら猪《いのしし》やらたくさんおっての。猪は見たことあるか惇は」

「ない。——蛇はおるのか」

「おう蛇もおるぞ、たくさん」

惇は前を見ながら顔を曇らせて黙った。

「惇は蛇が怖いのか」

「怖くはありはせん、嫌いなだけじゃ」

「ワッハハハ……、嫌いなだけか。わしも蛇は嫌いじゃ。怖くはありはせん。蛇は何もしなけりゃ静かにしとるものよ」

一時間ほど走ると瀬戸の海から吹く白い風は山の青い風に変わった。草の香りが車の中を抜けて行く。惇は山が初めてのせいか窓から目を離さないでいた。道は舗装がとけて石ころの多い山道になった。遠くから鳥の声が聞えてくる。やがて低い勾配《こうばい》を登りつめると、小さな山間《やまあい》に白い煙が一条、梅雨明けの山吹の中にまるで落ちていくように鮮やかに空に向っていた。

「煙じゃ」

惇は大きな声を上げて前を指さした。

「おお見えるのう。温泉じゃ。笹を取ったら帰りにひと風呂つかって行くかの」

「うん。——でも臭《くさ》いの」

「硫黄《いおう》の臭《にお》いじゃ」

「イオウ」

「そうよ硫黄じゃ。温泉の臭《にお》いじゃ」

「臭《くさ》いのう」

「臭いが仲々いい臭いじゃろう」

「…………」

惇は白い煙を見つめながら初めて嗅《か》ぐ山の臭いを一生懸命好きになるよう吸い込んでいた。それでも毎日海を見て遊んだせいか、胸の中にどこか山に対する不気味さがあった。ただ横を見れば正作が一緒にいる。その事は何もかも不安を打ち消してくれた。

惇は正作が笑う時の皺《しわ》くちゃになる鼻が好きだった。どこにいても正作の笑い声はすぐに分った。大きな笑い声が聞えると両の拳《こぶし》を腹の前で合せて顔を真赤にして首を振りながら白い歯を見せて笑う正作の顔が浮ぶのだ。そうすると惇は笑い声の方角へまっしぐらに走るのだった。

正作は何でも知っていた。惇が分らないことを尋ねると土の上に釘《くぎ》で絵を描いて教えてくれた。何かを書きながら説明するのが正作の癖である。

「おお、新品のランドセルじゃの。いつから小学校じゃ」

「五つ眠るとじゃ」

「おお、そうか。嬉しいか」

「うん」

「よし。そこの鉛筆と、晴さんに紙をもろうて来い」

「はい」

晴に教えられたのか、惇は余所《よそ》行きの返事をした。

「いいか。惇の名前はこう書くのじゃ」

「キ・ムラ・アツシ」

「ほら、書いてみい」

惇は澄んだ目を白い紙に注いで初めての漢字を注意深く辿《たど》っている。

「駄目じゃ駄目じゃ。腹に力を入れてこういうふうに真直ぐ書かにゃ。これじゃあ蚯蚓《みみず》の行列じゃ。腹にもっと力を入れて、大きな字で書かにゃ」

「鉛筆は舐《な》めるのか」

「うん、鉛筆は舐めてはいかん。これはわしの癖じゃ」

「クセ」

「鉛筆は舐めてはいかん。鉛が入っとるから身体に良うないのじゃ」

「父ちゃんのはどう書くのじゃ」

「わしか、わしは、キ・ムラ・セイ・サク。こうじゃ」

「ひとつ多いの、何でじゃ。惇も多い方がええの」

「そんなことはない。惇の名前は沖の源造さんがつけてくれた特別ええ名前じゃ。アツシは真実《まこと》と言うことじゃ」

「マコト」

「そうよ真実じゃ。うそをつかん、真心のあつい人じゃ。ええ男ということじゃ。分ったか」

「はい」

正作は惇の頭を摑《つか》んでにっこりと笑った。

二

惇《あつし》が生れた頃はまだ正作は一代でどうにか形にした鉄工所を自ら切回していた。しかし還暦の祝いが終ると、頼みのおける人に現場を任せてほとんど家にいるようになった。正作は自分なりに時代の変り目を見ているつもりであった。が、本来身体を動かしながら生きて来た正作の性格は、晴と庭の花いじりをして暮しては行けなかった。

そんな日がら、突然正作は晴に船が買いたいと言い出した。

「船はもう困ります。二度と海へ出ない約束を私はして戴きました。私はもう二度と船を待ちに桟橋《さんばし》へ行くのはいやでございます。船は困ります」

晴は船の話になると頑として譲らなかった。

二十年前。正作は鉄の買い出しに中古の船を一隻買い入れたことがあった。瀬戸の海を往き通うだけの百屯《トン》足らずの船であったが海へ出てみるとやはり船には底知れぬ魅力があった。最初は自分の工場だけのために出航していた船も港々を周《まわ》るうちに結構仕事があることがわかった。石炭、鉄材、木材、肥料、セメント……、瀬戸内海に勢いを伸ばしはじめた工業群は正作の想像以上に発展をしようとしていた。と同時に船ごと買い受けた雇われ船長の森の気質や船員達の人柄が、ひどく正作の心を海に引き寄せていた。正作は自分の本当に出会いたかった男としての仕事に会えた気持ちさえしていた。

しかし半年後、二隻に増えた船は石炭を積んだまま鳴門の渦《うず》の底に消えた。辛《かろ》うじて正作と船員達は助け出されたが、船長の森の遺体はとうとう畳の上にあげてやることが出来なかった。それは正作にとって哀しい事件であった。がそれ以上に、一通の海難電報を受けて毎夜遅くまで桟橋に祈るような気持ちで立ち続けた晴にとっては、なおさらであったのだ。晴はその事を言ったのである。

それからしばらくして馴染《なじ》みの不動産屋から耳にしたのが、映画館と社交ダンス場の出物であった。地代だけの目算《もくさん》でも見合うと言うし、海へ行かれるくらいなら遊技場の方がどれだけいいかと思い、晴はこの話に賛成をした。風俗営業とは言え酒は置かないので面倒もなかったし、始めてみると季節ごとに内装も変えたりで、けっこう楽しそうに正作はしていた。正作の言った笹とは、二つの遊技場に飾り付ける七夕の夏飾りの笹である。

晴も三年前、正作に誘われて青煙の峠に出かけたことがあった。けれども竹林を探す正作の足の速さに閉口《へいこう》してしまい、山径《やまみち》で独り待ちぼうけをくった思い出がある。その時晴の座る大きな岩の側を熊手の柄《え》ほどあろう青大将が現われて、晴の間近を横切ったのを見て二度と山には入らなかった。

正作は人を誘い出す時、妙に上手《うま》い話し方をすることがある。

「山は面白いぞ。おまえの好きな躑躅《つつじ》や山ゆりの花がいい香りじゃ。そうだ帰りは麓《ふもと》の温泉に寄ろう。身体には随分にいいらしいぞ」

晴は何度もその口車に乗せられて、後から腹の中で怒る破目《はめ》になったことがある。近頃、正作が惇をどこかへ連れて行く時それと似た言葉遣いになるのを晴は感じていた。しかし帰って来た日の夜、晴は風呂の中で惇にその日の様子を尋ねると、惇は両手を一杯に拡げて身振り手振りでその日の楽しかったことを目を輝かせて話すのだった。

晴は正作がひととおりではない愛情を惇に抱いていると思った。それは正作の人生がひとつの区切りを持ったことによるものではなく、晴の知らない男同士の世界にあるものではないかと思った。

ひなびているもののしっかりとした息吹きを感じさせる小さな温泉宿の角を左へ折れて、水を湛《たた》えた青田の道沿いを走ると車は大きな二本の杉の下に静かに佇《たたず》む農家の前で停った。車の音を聞いて中から赤児を背負った若い母親が姿を見せた。胸に交《か》わしたおぶい紐《ひも》の間から割れそうに張った乳の脹らみが薄緑色のシャツの中で揺れていた。正作は先に降りて二、三言話すと惇を手招いた。

「こんにちは」

「あら、お手伝いですか。感心ですね」

赤児の頬は林檎《りんご》のようで元気そうに見える。母親は肩越しに赤児を覗《のぞ》くと左肩からかがむようにして、

「お兄ちゃんですよ。こんにちは」

と赤児といっしょに挨拶をした。

惇はペコリと頭を下げて赤児に、

「こんにちは」

と小さく呟《つぶや》いた。

見ると、正作はその動作をにこにこしながら見ていた。

「二時位までには降りて来ます。じいさんに宜《よろ》しく言っといて下さい。これ、あまり飲過ぎんようにと渡しといて下さい」

「あ、どうも。わざわざすみません」

行きがけに晴の持たせた五合の酒壜だった。


正作は片手に麻の布で包んだ鋸《のこ》、鑽《おの》を軽そうにかかえて歩き始めた。惇は畦道《あぜみち》を正作について歩いた。六月の山風は水田から子供のように頭を出している苗をいちようになびかせ二人の足元を吹いて流れた。鼻をつく山の香りは木々の匂いがした。

「ほれ、あそこの山の向うにちょこんと頂きを出しとる山が見えるじゃろ、あれが青煙じゃ。惇には登れるかの」

「うん」

「途中、足が痛い言うても背負《おんぶ》はせんぞ」

「うん。猪はおるかの」

「いや、惇が来とると分ったら、皆逃げて隠れてしもうとる」

「…………」

「見つけたら捕えて帰ろうぞ。山鯨《やまくじら》は美味いぞ」

「ヤマクジラ」

「そうよ。猪は山鯨じゃ。そんな顔をしとるじゃろ。ハハハハ」

温かい白泥を踏みながら歩いて行くと道は山の麓にぶつかり右へ折れたまま小さな川にかかる木の橋に続いた。橋を渡ると急に辺りは雑木林の木陰に包まれて薄明りの漂う山道に変わる。ひんやりと冷たい風がせせらぎの音を背にして伝わると、惇は足元の黒土を見つめながら、この道がさっき見た青煙峠の頂上に続くのだと思った。楓《かえで》の若葉を透《とお》す緑の光りの奥から兎でも出て来ぬかと窺《うかが》ってみた。正作は手拭いを腰に引っかけて楽しそうに歩いている。呑気《のんき》な鼻歌も聞えて来た。

「惇、何か歌わんか。山の中は歌って歩くものじゃ。気持ちがいいぞ。何か聞かしてくれ」

「うん」

惇は晴から教わった海の歌を歌った。惇の清々《すがすが》しい声は柔らかい新緑の林の中にやさしく吸い込まれて行く。

「惇、山に来て、海は広いもないじゃろう。晴さんに習ったのじゃろう。晴さんは皆にその歌を教えるの。海が怖いと言うくせに海の歌が好きなんじゃから変わっとる」

「母ちゃんは泳げないのか」

「晴さんは泳ぎは駄目じゃ。何回教えても泳ぎきらん」

「母ちゃんも、惇みたいに沖で船から海へ投げ飛ばしたのか」

「いや、晴さんにそげんことをしたら、海の底へ逃げてしまうが」

惇は笑った。その顔を見て正作も笑い出した。二人の笑い声がまだ滴《したた》りの残る葉陰を乾かすように雑木林に響いている。

左にくねるように道が上ると林は終り右手に小さな畑が見えた。盛られた茶褐色の土が白く乾き、小さな芽を吹いたつるの芽があちこちに顔を出していた。平坦《へいたん》な道が畑を囲むようにまた左へ曲ると、青煙峠が突き挙げた拳固《げんこ》のように肩を張ってそこに構えていた。振り返ると雑木林の頭越しに先ほどの農家と正作の車が玩具のように小さく映っている。

道はやがて段々の坂道になり規則正しく空に伸びた杉林に入った。時々赤児の泣声のような鳥の声が耳に飛び込んで来る。杉の根元は一連ずつ房のまま杉落葉が重なって燃え枝を敷き詰めた床のようだ。惇は風が遥か上の方で枝を揺らすたび、布のように幾重にも重なって漏れる斜光を、去年晴と観に行った舞踊の発表会の背景にあった絵と似ていると思った。

「これは皆、人間が植えた杉じゃ」

「…………」

「この連中で三十年から四十年じゃろ。この杉を植えた人はもう死んどるかも分らんの。そいつの息子のそのまた息子がこの杉を伐《き》りに来るんじゃ」

「家を建てるのか」

「そうじゃ。家を作ったり橋を作る。船にも使うの」

「長いことかかるの」

「本当にな。杉の木は辛抱じゃの」

剝《は》げかけた木の皮は斑《まだら》な濃茶ではあったが、その芯《しん》は力強く威厳さえも感じられた。杉の植林は消えたかと思うと、また現われた。しばらくすると惇の背丈ほどの低い植林が続いた。

「ほれ、その小さな木がさっきの杉になるんじゃ」

惇は自分の頭ほどの木々がやがてあの大きな杉の木になることを不思議に思った。どの木も柔らかい土の中にまだ挿《さ》されたばかりで軟弱に風に揺れている。杉の子供だ。

「これ、これ、杉の子起きなさい—」

正作は調子をつけて杉に歌った。それは拍子抜けした声で可笑《おか》しかった。

「なんじゃ今のは」

「わしも良くは知らんが杉の歌じゃ。晴さんがよく歌っとる。あれはよう歌を知っとる」

「母ちゃんはいつも歌を歌っとる」

「あれが歌を歌わぬようになったら愚痴ばかりになるからの」

その時、杉林の奥からポンポンと竹筒を打つような声を立てて一羽の鳥が空に翔《か》け上った。

「鳥じゃ」

「おお、時鳥《ほととぎす》じゃろあの腹は」

二人の空の上で鳥はまたポンポンと鳴いた。

「いや、筒鳥《ぽんぽん》じゃな、あの鳥は」

鳥は白い腹に鮮やかな横縞模様を見上げる惇に翻《ひるがえ》すように身を捻《ひね》り、青煙の頂きの方へ消えて行った。

三

二人は初夏の山が滴《したた》るように甘い香りを落す真白な栗の木の下を何度か抜けた。惇は山が好きになっていた。

道は大きな樫《かし》の樹の下で二手に分れていた。左の道は来たままに上へ向い右の道は少し曲りながら平らな勾配で続いている。

「確か、この岐路《えだみち》じゃったな」

正作は右の道の奥を覗きながら振り向くと、

「飯の前までに笹を伐《き》ってしまうぞ」

と言った。

右へ折れると低い藪道になり両脇から草枝が惇の肩を触わるように腕を伸ばして来る。

「枝が跳《は》ねるから後ろに付いていろ」

惇は正作の腰に下った手拭いを握り後に続いた。何やら未知の世界に行くようで、ときおり頭の上から矢を射るように空を切って落ちる松落葉が勇ましく聞えて冒険に出発するような心地になっていた。

やがて前方に透通《すきとお》るように眩《まぶ》しい竹林の新緑が風にさらさらと波を立てて現われた。それは一葉一葉が紙の薄緑色を一枚一枚切って飾り付けたように見事な林色《りんしょく》をしていた。

惇はこの色模様が秋口、黄昏《たそがれ》の海で潮が止まる瞬間、一様に黄金色に輝く九月の浜の水面に似ていると思った。ここだけが山の中で別世界のような彩《いろど》りをしていた。

「おう、着いた着いたぞ。にょきにょき出とるわい。竹坊主どもが」

「竹の子供か」

足を踏み入れると竹落葉の間から籜《たけのかわ》を落した若竹が根の周りに遊んでいるふうに顔をのぞかせている。まだ、何人《なんぴと》にも触れられていない竹の原色の光沢《こうたく》が二人を静かに待っていた。木洩日《こもれび》を茎で照り返す姿は一筋の銀の鞭《むち》にも映る。

「筍《たけのこ》御飯の竹の子供か」

「いや、この辺りは皆苦竹やら篠《しの》の子じゃから美味しゅうはない」

篠の子は紫の手の平を一杯に開いて可愛くはえている。正作は麻の布を解いて鑽《おの》を片手に辺りの竹を吟味しはじめた。

よし、と声を出して中の一本を両手で握って身体を竹に引き寄せると登るように竹の先を持ち替えて今度は身体を竹に預けるようにしてぶら下り、その竹を曲げた。撓《たわ》みきった竹は正作の手から放たれると声を上げるように風を切り、仲間の竹に身を寄せるように跳ね返った。正作はその行方を眺め腰をかがめると鉈を振り上げて低く張った枝を伐り落しだした。

「惇、こっちへ来い。いいか、小さい笹飾りのこの位の竹を十本ばかり頼まれてくれ。ほれ、この手鋸《てのこ》で切って来い」

「うん」

「ほれ、そことそこの奴がいい。あんまり走るな。槍株《やりかぶ》があるからの。足を滑らすようにゆっくり歩け」

「うん」

切ってみると竹の長さは短かったり長過ぎたりで案外と難しい。竹は見た眼より柔かくて上手く鋸が通らない。背中で正作の作業が聞えて一人前の仕事をしているようで惇は嬉しかった。七本ばかり取ったところで正作を振り向くともう二本目の大竹を伐っていた。惇はあわてて残りの竹を切った。

「惇、できたか」

「う、うん」

正作は二本の竹を肩に担《かつ》いで手拭いを首に巻きつけて歩いて来る。

「竹取爺さんみたいじゃ」

「竹取爺さんか。ワッハハハ、どうれ、惇の竹はちゃんとしとるかの。ほう、これはいい、これもじゃ。しかしこの二本がいかんな。それ、あの竹がいい。そうそう、その二本がよさそうじゃ」

「この二本じゃな」

惇はその竹を鋸でひいた。

「違う、違う。鋸は引く時に力を入れるんじゃ。そう、そうすれば楽に切れる」

正作は十本の小竹を紐で束《たば》ねるとそれを紐で葱《ねぎ》の束のようにして惇の肩から背負う鞘《さや》にしてくれた。

「侍みたいじゃの」

「本当にの」

樫の樹までの帰りは惇が先頭を歩いた。二人の後方から正作の担いだ竹が尻尾のように葉音を鳴らしながらついて来る。振り向くと正作が笑っていた。二人は樫の樹の側に竹を置くことにした。

「さて、飯にしようか。この先に滝がある。そこで昼じゃ。腹が減ったろう、惇」

「うん」

言われると急に腹が泣くようにへこんだ。左の道を登るとすぐに木樵《きこり》小屋があった。小屋の脇で老人が独り薪《まき》を束ねていた。日陰で仕事をしているせいか老人のいる場所だけが寒く感じられた。一本一本を丁寧に束ねている。銜《くわ》えた煙草の煙が悠然と横に糸を引きながら林の中に吸い込まれて行く。煙の流れる早さと老人の薪を束ねる動作がテンポが合っていて、もう何十年もここでこの動作を繰返しているように思えた。

「精が出ますなあ」

「う、うん」

「雨もやっと上って、良かったですな」

「うん、麓の田圃《たんぼ》も助かっとる」

「本当にね、去年のような早梅雨《ひでり》なら、又皆泣くようになりますしね」

「うんうん、今日は何で」

老人は巧みに銜えた煙草を離さずに頷いては正作を見上げる。

「七夕の竹を取りにきました」

「いい竹はござったか」

「ええ、まあ」

「それはよかった」

小屋の軒下に薄桃色の花を残した苗木が二束並んでいる。

「ほう、躑躅《つつじ》ですか」

「母ちゃんのと同じ花じゃ」

惇は花弁《はなびら》から晴の声が聞えた気がした。

「父ちゃん、母ちゃんにも持って帰ろう」

正作はただ笑って頷いた。

「わしらこの先で昼を取りますから、煙滝の岩場辺りで」

「岩場はまだ滑りますでの。気をつけた方がいい」

「ええ、どうも。じゃあまた」

老人は惇を見て静かに目を細めた。惇は小さく会釈をした。老人が頷くと、長く垂れていた煙草の灰がぽとりと地面に落ちた。惇と老人の眼が同時に地面の上でまだ煙を出しそうな灰に注がれた。

四

小屋の裏手から道は急な坂となって谷方向に通じていた。しばらく下ると木々は細身になり小石を撒《ま》くような水の音が聞えた。そこに二枚の長板を無造作に掛けた橋があった。正作が渡ると橋はキュウと音を立てて曲った。惇はそれが浜の桟橋に着く島からの通い船に掛ける渡し板に似ていると思った。惇も正作の後に続いた。橋を過ぎると右側は藪、左側は薄茶の羊歯《しだ》が山の体毛のように下がる崖が続いている。羊歯が途切れると真赤な土の塊《かたま》りが壁のように平行して続いた。惇は小さく声を立てる腹に元気を付けて崖沿いを歩いた。崖が低くなってくると銀灰色の岩肌があちこちに現われて雨の降る音に似たせせらぎの音が涼しい風と共に惇の頬に当った。見るとそこは向いの山の谷間と青煙峠からの山勢《さんせい》が三方から集まるようにして水源地を形作っていた。向いの岩場から幾本かの水が糸を下ろすように降りる様は惇が絵本を見て想像していた滝とは随分と違っていた。それでも梅雨の水を抱いた山水は勢いを持っていた。

大きな一枚岩をぐるりと回ってよじ登ると、目の前に脈々たる中国山地の峰が白く霞みながら遥か日本海に向って横たわっていた。青煙から谷間に吹いて降りる風が背に当り、心地良く首元から離れて行く。惇は少しの間、雲の峰に目を奪われていた。自分の歩いて来た道の想像以上の高さに感動していた。二人は白煙のごとく悠々と連なった自然に向って、深呼吸をした。

六月の日射しを受けて青煙からの水は下方で真白なしぶきを上げている。

二人は一枚岩の上で晴の手弁当を開いて昼食をとった。水筒の中から麦茶の香りが、ほうっと鼻にさわって咽《のど》の奥を通り過ぎて行く。

「ほれ、あそこに頂辺《てっぺん》だけ見える山があるじゃろう。あそこらはもう山、山、山じゃ。あの山まで行くと海が見えるぞ」

「海が」

「そうじゃ。海だ。日本海が見えるぞ」

「浜の海とは違うのか」

「いや、海は皆同じじゃ。ただわしらの住んどるのはこっちの海だ。山を越えると、向うにも海がある」

「ふーん」

「山を越えての海は、冬が寒い」

「雪が降るのか」

「雪も降るが、風が寒い」

「…………」

中国山地は空の青さに馴染みながらも確かに根を張って惇の前に黙っている。まだ見たことのない海が峰々の向うに冷たい表情で拡がっているのを心の中に浮べながら惇は自然の輪郭を追っていた。風は半袖の口から脇に入り胸のボタンの隙間から抜けて流れる。肌着に残っていた汗もどこかへ消えて臍《へそ》のまわりが勢い膨らんで感じるのは、晴の大きな結び飯のせいだけではないらしい。正作はズボンのかんぬきを上二段ほど緩《ゆる》めて岩の上にごろりと横になり前方に霞む山脈を見つめている。陽に焼けた頬に前髪が優しく当りながら小さく揺れる度、正作の目は細くさらに優しい光りに変わって行く。

二人は青煙の水々しい山肌に小さな二輪の山草となって風の誘う行方を見つめていた。惇は力を抜いて山に溶け込んでいた。

「山もいいもんじゃろう」

「うん」

「高い処から物を見ると人間《ひと》はええ気持ちになるものじゃや。忘れてしまうのじゃろう細かいことはの、惇」

「うん」

「惇は大きゅうなったら何になるのじゃ」

「………」

「まだ分らんのか」

「う、うん」

「まあいい。そのうち出来るじゃろう。が、まあ、ええ男になれよの」

「エエオトコ」

「そうじゃ、ええ男にならんとの」

「男前にか」

「男前、ハハハハ。惇は今でも男前じゃからそれでいい。ええ男と言うのは……、男の仕事をする奴じゃ。まあ、そのうち分る、大きゅうなれば」

「父ちゃん」

「何じゃ」

「惇は大きゅうなったら……、船に乗りたいの」

「ほおう、船にか。それもええ」

「いろんな処へ行くのじゃ。父ちゃんも母ちゃんも皆一緒にの」

「ほう、連れて行ってくれるのかの。けど、晴さんは泳げんぞ」

「……大きな船じゃから大丈夫じゃ。この前、下関の港で見たくらいの大きい船だから大丈夫じゃ。父ちゃんは行きたくはないのか」

「いいや。行くとも。楽しみじゃの」

口唇を噛みしめながらすくっと立ち上り夢を話す惇の真剣な瞳を、正作は目を細めて見つめている。

凮に振り向くと青煙の頂きに二羽の鳶《とび》が山下ろしに羽根をまかせて気持ち良さそうに旋《まわ》っている。雲は静かに流れていた。

「さて、惇、降りるとするかの」

「うん」

正作は腰バンドを締め直すと折り箱をリュックの中にしまいパンパンとズボンを叩いた。そうして両の腕を大きく横に開いて腹を突き出すように伸びをすると、その腕を空に挙げて腹の底から出て来たような声を上げて、大きく息をついて肩を落した。

そうして正作は谷底を見つめた。

「ちょっと待っとれ」

と言って、谷側の岩の下に何かを見つけたらしく、水音の消えて行く岩場の方角に降りはじめた。

「そこで待っとれ。こっちへは来るな危ないからの」

身を屈《かが》めながら右手を岩肌につけて左足から足場を探るようにして谷の方へ向った。頭が見えなくなるとサワッ、サワッと正作の岩草を分ける音が滝音に消えいりそうに伝わった。惇は言われたままにそこにいた。

何を見つけたのだろうと待っていた。

その時、ズンと鈍《にぶ》い音がした。

次にザァーと何かが枝を引っ掻きながら落ちて行く異様な音が聞えた。オウーッと叫びとも驚きの声ともつかない途切《とぎ》れるような声がすると、ガラガランと大きな岩が崖から落ちて行く音とそれが谷底にぶつかる乾いた不気味な岩音が耳に入った。

惇はとっさに一枚岩の谷側に駆け寄ると、

「父ちゃん、父ちゃん」

「…………」

「父ちゃーん」

するとまた、ズルズルと何か重い物を引き降ろすような岩を震わす音がした。

「父ちゃーん。父ちゃーん」

「…………」

惇は岩場のぎりぎりの傾斜まで身を置いて首を伸ばして谷底をうかがった。しかし惇の背丈では下の様子は見えない。両手で岩を握りしめて腹這いになると出来る限り背を伸ばしてみた。恐ろしい音のした辺りは斜めに突き出た岩の真下に思えた。

「父ちゃーん」

微《かす》かに枝のぶつかり合うざわめきがした。

「父ちゃん」

「来るな」

腹から絞《しぼ》り出すような正作の声が返って来た。何かに縋《すが》りついているような押し殺した声だ。惇は見えぬ方角に目を開いて耳で探った。

今度はメリッメリッと木の幹が折れるような裂音が惇の胸を突いた。惇は必死で顔を上げると岩場全体を見回してみた。左手の少し低い位置に惇のいる一枚岩と同じような岩がせせらぎを隔てて見えた。惇は立ち上るとその岩場に向って走り降りた。小さな水溜りを幾つか作った流れは惇の膝までの深さで渡れそうだった。一気に水の中に入ると向いの岩から生えた小枝を摑み、滑る岩肌を攀《よ》じ登り岩の上へ辿《たど》り着いた。

惇は息もつかず正作の声の方角を見つめた。

それは正作の身体を支えるにはあまりにもか細い弱々しい松の木であった。岩間から横に八つ手のように枝を拡げた松に正作は宙吊りでいた。しかも右手一本で大きな身体を辛《かろ》うじて支えているのだ。正作の体重を受けた松は幹を弓のように撓《たわ》ませて、正作が足場を見つけようと動く度に今にも折れてしまいそうな沈み方をしていた。下の方は真直ぐ谷底へ吸い込まれるように恐ろしい空間があるだけだ。谷底は不気味な形をした大きな岩がどす黒い岩色をして待ち構えている。惇を何よりも怯《おび》えさせたのは松の根に見える崩れた岩肌の亀裂であった。

正作はそれでも片方の手をなんとか幹まで届かせようとしていたが、動く度、松は異常な撓み方をしていた。

上の岩から五メートル余り滑り落ちている。ようやくしがみついた救いの手は残酷過ぎるほど微力だった。正作は足場を探して左の足を伸ばしたが突き出た岩の根から生えた松は釣り上げた蛙の脚のように空を振らせるばかりだ。

メリッとまた松が鈍い音を鳴らした。

「父ちゃん。父ちゃん、大丈夫か」

正作が顔を上げた。顔を真赤に硬直させて、

「来るな……そこにいろ……来るな」

と静かに惇に命じた。

「大丈夫か」

正作は目を閉じて大丈夫だと惇に答えた。

大きな声を出すと松は岩もろとも谷底に崩れ落ちる気さえした。惇は咄嗟《とっさ》にどうしたらいいのかが思い浮ばなかった。正作ならなんとか自力でこの場を切り抜けると思ったが、松は今の正作に手を離せといわんばかりに撓んでは揺れているのだ。正作はまた左手を引き上げようとしたが思うように身体を起こせなかった。

ガサッと音を立て上の岩肌から頭ほどの石が正作のすぐ横を落ちて行った。カランカランと谷底で岩のぶつかる音が響いた。

「父ちゃん。待っとれ。そこへ行くから」

「来るんじゃない」

今まで見たこともない鬼のような眼をして正作は惇を睨《にら》みつけた。正作の方へ寄せられた惇の身体が一瞬射《う》たれたように硬くなった。実際、惇の岩からは正作までの路を求めることは子供の力では不可能であった。

正作はしばらく動くのを止めてじっとしていた。惇は助ける方法を一生懸命に考えようとした。紐ひとつ見つかる場所ではない。すると急に水音が惇を追い立てるように忙《せわ》しく音を立てはじめた。

正作は静かに左手を上げると右手で幹を引き寄せるようにして膝を曲げて身体を持ち上げた。メリッメリッと今度は本当に根元から折れるような軋《きし》みが聞えた。

しかし左手は幹に触れなかった。

動作が止った時、惇は正作が右手を離してしまうのではないかと感じた。

「惇……人を、呼んで……来い。さっきの……木樵小屋の爺さんだ。すぐに行け」

喉の奥から絞り出したような低い声だ。

「わかった。すぐ、呼んで来る。待っとれ。すぐ呼んで来る。待っとれ」

惇は正作の目をもう一度見ると、滑るように岩を駆け降りた。勢い余ってそのませせらぎの中に腰から落ちた。たちまち上着までずぶ濡れになった。一枚岩に上ると見えない正作に向けて、

「父ちゃん。待っとれ。すぐ呼んで来るぞ、待っとれ」

返事はない。それが惇を急《せ》き立てた。

一枚岩を真直ぐに降りると、来たはずの道はなく草と岩ばかりの場所だった。惇は崖の赤土を探した。見つからない。一枚岩を振り返って木樵小屋の方角を思い出そう

とした。よく見ると覚えのある羊歯が見えた。羊歯に向って小岩を踏み越えて走り出した。道はすぐに見つかった。惇はもう後を振り返らず崖沿いの道を夢中で走った。来た時はさほど長い道程《みちのり》ではないと思っていた道はいくら走っても山道に出なかった。惇はまちがった道を走っているのではないだろうかと思った。正作の背中ばかりを頼りに歩いて来た道なのだから途中で違った方向に進んだのかも知れない。惇はちらっと青煙の頂きを見た。そして走りながら崖道を振り向くと、確かに来た道だと思った。すると頭の中に必死でぶら下がる正作の姿が浮んだ。揺れながら撓《たわ》む細い松の木を思うと肩に当る高い草を斬るように腕を振り走り続けた。

　途中、惇は二度ばかり地を這う根に足を取られて翻筋斗《もんどり》打つように倒れた。ピシャリと手の平が地面を鳴らすと、畜生、と叫んで起き上って走り続けた。谷底の牙を剝いて不気味に正作を待っている黒い岩が後から追い駆けて来た。水の入った運動靴がキュウキュウと泣くように声を出す。もう松の木は折れてしまったのではないだろうか。そんなことはない。正作はそんな人ではないのだ。走りながら頭の中を巡る怖しい光景を打ち消しながら、待っとれ、待っとれ、頑張れ、と声を上げた。

　やがて道は下り坂になり前方からせせらぎの音が聞こえた。もうすぐ橋があるはずだ。橋を渡れば小屋はもう近い。惇は足の裏全体でバタバタと坂道を右へ折れながら下って行った。

橋は来た時よりも小さく見えた。惇は橋を渡ろうと板に足をかけた。

すると橋の中央に縄のようなものが見えた。動いている。それはこれまでに見たこともないほど大きな青大将だった。二枚の板を遮《さえぎ》る格好で頭を惇の方角に向けて静かに身体を這わしている。惇は立ち止って蛇を見た。蛇は、この橋を渡さないぞ、と惇を睨みつけて頭を動かさない。惇は足が震えるのを感じた。正作の顔が浮んだ。何か棒切れを探そうとしたが辺りに枝も石もない。ズボンを握りしめると濡れたポケットに晴のくれたキャラメルの箱が触った。まだ封を切っていないキャラメルの箱を蛇に向って投げつけた。

が、箱は蛇を避けて空を切って川に落ちて行った。青大将は動く様子も見せず、ますます惇を見据えている。誰かが後方で笑っている気がした。青煙の生き物全てが惇に挑《いど》みかかっている。こんなことをしていたら正作は死んでしまう。正作は必死で待っているに違いない。

「どけー、どけー。どけエー」

惇は歯を噛みしめ大声を出して蛇に向って走りだした。橋は小さく揺れた。もう蛇が足首に巻き付いても構わないと思った。左の足に何かが張り付いている気がしたが下を見ずに橋を駆け抜けて雑木林の上り坂を木樵小屋に向った。急に涙が溢れて耳や頬に走る度に飛んで行った。

小屋が見えると惇は大声を上げて老人を呼んだ。

「おじさーん。おじさーん」

小屋に着いたが先刻そこで薪を束ねていた老人の姿が見えない。小屋の戸を開けると中は暗くて何も分らない。

「おじさん、おじさーん」

惇はどうしたらいいのか分らなくなった。老人は引き揚げてしまったのだろうか。見ると束ねた薪の束の上に煙草と布包みがある。惇は声を上げて小屋の四方で呼んでみた。しかし惇の叫ぶ声だけが薄暗い林の中に響いて返って来るだけだ。それでも何度も呼び続けた。正作はまだ右手を離さず松の木にいるのだろうか。いる。必ずいる。早くしなければ。正作を思うと涙がまた流れはじめた。声がかすれてしまう。

惇は肩を震わせて辺りの音を偵《うかが》った。

すると今惇の走って来た川の方から人の歩く気配がした。老人の姿が映った。

「おじさーん。大変だ。おじさーん。父ちゃんが岩から落ちた。早く早く助けてくれ」

老人は惇の様子に驚いて、

「どうした……」

「父ちゃんが、父ちゃんが落ちた」

「どうしたのじゃ。ゆっくり話せ、父ちゃんがどうした」

「父ちゃんが滝の岩から落ちた。細い木にぶら下って片手で摑まっとる。細いから、木が折れそうじゃ。おじさんを呼んどる。早く、早く、死んでしまう」

老人は滝の方角を見て小屋へ走ったかと思うと肩から縄を掛けて現われるや、惇の手を取り川の方へ下りはじめた。老人は走り出すと驚くほど早かった。背は曲っていたがグイグイと惇を引いて駆けた。橋を渡って崖の道に入ると、

「大きな岩の下だな、滝の上の。丸い平らな岩の下だな、わしは先に行く。坊は後から来い」

老人は惇の手を放すと、どんどん遠ざかって行った。惇は遅れまいと後姿を追ったが左へ曲った崖沿いの道で老人の姿は消えてしまった。

正作はまだ無事でいるだろうか。一枚岩を出てからもう随分と長い時間が過ぎた気がする。それが一時間なのか三十分なのか惇はわからなかった。正作がもし谷底に落ちて死んでしまったらそれは自分のせいだ。自分が早く人を呼んで来なかったから

だ。蛇を恐れてうろうろしていた臆病な自分が悪いのだ。冷たい谷底の岩の上に俯《うつぶ》せたまま人形のように滝水に濡れている正作の姿が浮んだ。惇は走りながら首を振ってその幻を打ち消した。顔を真赤に脹らませて笑っている正作が現われた。大丈夫だ正作は生きている。しかし紅い顔は笑うのを急に止めると硬直して松の幹に必死の形相《ぎょうそう》で摑まっている表情に変わった。

「お願いだから助けて下さい」

惇は誰に言うともなく叫んでいた。

走りながら何度も繰り返して助けを乞《こ》い続けた。左手に聳《そび》える青煙の頂きに、正作を死なせないで下さいと願った。

岩場に近づけば近づくほど惇の中に非情な深緑色の山の神様が襲って来て、背中をドン、ドンと叩いた。崖の赤土が切れて岩場が見えると、惇は不安に胸が詰まって息苦しくなった。

それでも足を止めないで一枚岩の下に着くと声を上げて正作を呼ぼうとした。でも黙って岩を周り、一枚岩の上へ駆け登った。

誰もいない。

惇は声を立てず耳を立てたが辺りには何も聞えなかった。急に膝と肩がぶるぶると震えはじめた。耳元が熱くなり口の中が乾いた。人の気配がしない。握りしめた手が汗ばんで指の間を濡らしていた。

すると左の下の岩の辺りから笑い声がした。笑い声は小さく聞えて途絶えたかと思うと前より大きな聞き覚えのある笑い声に変わった。正作の声だ。

「父ちゃーん」

惇は正作の名前を呼びながら声の方角へ走った。見下ろすと向いの岩場との狭間《はざま》、流れが落ちる場所にある岩の上に、正作は笑いながら老人と座っていた。

「父ちゃん」

見上げた正作が笑って惇を見た。

「おお、惇、手をかけたなあ」

「父ちゃん」

惇は心の中で、父ちゃん、ともう一度呼んで正作を見つめなおすと、鼻の奥の方がツーンと熱くなって咽の奥に鼻水の苦さが逆流し泣き出してしまいそうだった。でも泣くと正作に笑われる。必死になって笑おうとした。ズボンを握りしめその手で髪の毛を思い切り引っ張った。そして歯を見せるようにしてやっと笑うことができた。にこやかな正作の顔を見ているとこぼれそうな涙がとまった。

正作は右腕をだらりと棒のように下げてその腕を傍《かたわ》らの水の中につけていた。左手で右手首を摑まえると持ち上げるように右腕を回した。正作の顔がひどいしかめ面になった。

「大丈夫かの」

老人が心配そうに言った。

「筋《すじ》がいってしもうたらしいです」

「痛むかの」

「たいしたことはないです。なあに、もう木にぶら下がることもないですし」

「全くじゃ。えらい目にの」

惇は岩を下りて二人のそばに行った。

「惇、何じゃ、川にでも落ちたか」

正作に言われて下半身を見るとズボンはずぶ濡れだった。正作の無事な声を眼《ま》の当りに聞くとまた涙が出そうで、

「う、うん」

と言葉にならず首を横に振った。

老人は笑いながら惇を見て頷いた。正作が右手をまた水に入れると冷たい山水の中に髪の毛を落したように血がサッと流れた。水から上げた手の平を開くと親指の付け根から手首まで釘で掻いたような傷が見えた。支えていた左手を二の腕からはずすと力こぶが肘《ひじ》の関節までズルンと下りて来た。正作は左手でその肉塊を摑むようにして肩の方へ上げた。老人が首に巻いた手拭いで正作の肘の辺りを縛りつけた。惇は今落ちた肉が何なのか分からなかった。

「筋が切れたかの」

「うん、どうですか、まあさほど痛みません。造作もいらんでしょう」

「医者に見せた方がよかろう」

正作が先刻までいかに大変なことをしていたかを感じた。ふと、あの松の木を見ると一枚岩から下った老人の縄が生き物のように揺れながら谷底へ垂れている。正作はあの間中ずっと片手であの松を持ち続けていたのだろうか。谷底を見て、正作の逞《たくま》しさに惇は驚いた。岩肌に崩れそうな土色の草が風に任されたままざわめく。座った二人も崖を振り返って見つめていた。

「いやあ、えらい目に会《お》うたのう。この辺りの山も、もう老《とし》じゃからの。雨の上りっ端《ぱな》で、岩も緩《ゆる》んだんじゃろう」

　正作は黙って頷いた。

「しかし何でまた、あそこに」

「いやあ、ちょっと……」

　言いかけて自嘲するように左手で松の木の上の方を指さした。

「あれをちょっと摘《つ》んで帰ってやろうと、色気を出したんで、山が怒ったんでしょう」

　見ると松の木の上の岩場に紅紫色の花が咲いていた。

「おお、あんなとこに皐月《さつき》じゃのう」

　老人は風に揺れる皐月の花をじっと眺めている。

「家の者が花好きで……いやあ、変な色気を起こすと山に叱られる」

　正作は気合いを入れて立ち上ると惇の頭をキュッと摑んでから尻をポンと叩いた。

　そのまま一枚岩の上へ歩くと左の腕を肩に寄せるように回した。老人も立ち上り結《ゆわ》えた縄をたぐり始めた。惇は老人のそばに歩み寄って、

「おじさん」

「何じゃ」

「ありがとう」

老人は目を細めて惇を見ると頷きながら、

「坊こそ、ようやったのう。えらいぞ」

そう言ってチラッと岩の上の正作に目をやって、

「たいしたもんじゃ、坊の父やんは。あの身体をずっと手一本で支えとったんじゃからのう。その辺の奴ならとうに手を離しとるわ。たいした人じゃ。えらい男じゃ」

その言葉に惇は正作を見上げた。肩を広げた青煙の頂きよりもずっと正作の肩は大きく見えた。

確かにそこに惇の正作が立っている。また、喜びが惇の胸の中で湧き起った。

五

表まで迎えていつもの声で笑った晴《はる》の顔が、正作の右手に巻かれた手拭いと血の滲《にじ》んだハンカチを見て血相を変えた。

「たいしたことはない」

と一言告げると正作は奥に入った。晴はあわてて医者を呼び、洗い場で手を洗う惇の身体も見回した。正作はその夜、夕飯を床でとった。晴は医者に容態を聞いて安心はしたものの呆れた顔をして惇を見ながら夕膳を食べていた。若い者に行かせるべきだったと言ったり、どうしたのかと事の様子を惇に尋ねた。惇は黙っていた。晴はますます呆れ顔で惇を見つめた。

その夜、惇は風呂の中で膝頭を擦《す》り剝《む》いていたのに気付いた。傷は血も出ていたがたいしたものには思えなかった。裸電球をぼんやりと見つめていると、美しかった竹林の黄緑色のそよぐ光景が浮んで来た。電球の明りは眩しい新緑の笹が舞い踊る姿に変わった。指の先から張りつめていた身体中の硬さが抜けて湯の中に流れ出し、湯煙となって消えて行くようだ。

湯気を見ていると、あの蛇が現われた。惇は口唇を嚙んで蛇を睨みつけた。蛇はあっけなく消えた。消えると優しい木樵の老人の顔が笑いかけた。もう一度青煙に行ったら今度はもっとちゃんとお礼を言おう。一日の出来事が次から次に浮ぶと、急に正作の様子が気になった。石鹼もつけずに身体を洗うと風呂を飛び出した。そしてパンツ一枚で奥の寝所へ行った。閉じた襖《ふすま》の手前の六畳で晴は正作と惇の衣類を片付けていた。

「寝てらっしゃるよ。もう、そんな格好で。惇さん。今日は昼間、何をなさったのかねえ、ズボンまで泥だらけで」

そっと襖を開けると小さな灯りの下で正作は静かな寝息を立てていた。上蒲団を胸の辺りで折り曲げてそこに右腕をのせている。手当ての包帯の白さが暖かそうだ。惇は正作の顔をじっと眺めた。どこからか老人の最後の言葉が聞えた。

——その辺の奴ならとうに手を離しとるわ。たいした人じゃ——

惇は正作の一文字の口唇を見つめて、この寝所で正作の寝顔を見るのは初めてだと思った。

「惇、惇、風邪引くよ」

襖越しの晴の声に正作はぼんやりと目を開けた。そうして惇に気付くとゆっくりと目を瞬《まばた》いて、静かに笑った。そうして惇の目を見て言った。

「惇」

「何じゃ」

「今日は……よう助けてくれた」

その言葉は惇の胸に真直ぐ届いて、鼻の奥から突然酸っぱい空気が抜けたかと思うと訳も分らなく涙が次から次に溢れて来た。ずっと我慢をしていた今日一日の言葉が涙になって、ポタポタと音を立て畳に落ちて行く。肩がしゃくりはじめ正作の顔が朧《おぼ》ろになって行くのに、又涙が出てくる。それでも必死で堪《こら》えながら涙の中の正作の顔を見つめた。

「何じゃ、女児《おなご》か」

惇は首を横にがむしゃらに振りながら鼻をすすった。今すぐに蒲団の中の正作に飛込んで行きたいと思った。女児じゃない、女児じゃない。すると襖の向うから、

「惇、惇。早よう寝巻きを着なさい。もう、悪い子になってしまってからに」

正作が首をしゃくり上げて、行くように合図をした。惇は涙を拭いながら頷いた。

「風邪を引くと言うとるでしょう。本当にもう」

晴に涙顔を見られないようにサッと寝巻きを取ると物干し場に出た。

「何べん言うたら分るの」

「ここで今着る。海を見るだけじゃ」

潮風に当った。涙は引いて行った。

目の前に拡がる夜の海は星影が霞むほど鮮やかな月の光りを西の桟橋の袂《たもと》から海の中ほどに悠然と浮かべている。水平線のあろう辺りは空のものとも海のものともつかぬ淡い灯りが二つ、三つ煌《きらめ》いて流れていた。遠くの工場から犬の鳴くようなサイレンの音が海の上に跳ね返りながら屋根伝いに響いて来る。トントントントンと闇の中から夜

漁に出るポンポン船が真直ぐな音を立てながら丁度隣りの家の鬼瓦の先から姿を現わした。船は波の上を、滑る一枚の黒絹に変えながら栈橋の端にゆらぐ月明りに向けて進んで行く。糸の力は強い。楕円の夏月と船先はお互いが引き寄せ合うように直線で結ばれていた。やがてマストの先が光ったかと思うと船は白い船体を一瞬の間に見せて湧沫《ゆうまつ》の余韻のまま淡色の海へ船首を掲げて消えて行った。

いつか船に乗るんだ。

父ちゃんを連れて行くんだ。

惇はやや上った月に手を伸ばし空に向って大きくのびをした。

背後で晴の素頓狂《すっとんきょう》な声がした。

「あら、こんなところに花弁《はなびら》が。躑躅《つつじ》かしら……。綺麗ねえ」

チヌの月

夢という奴は厄介《やっかい》なもんじゃ。

亀次《かめじ》は洗い場の三和土《たたき》に腰を掛けてつぶやいた。老人は一日の仕事終りに決ってそうするように、残しておいたヒカリの半欠け煙草《たばこ》を燻《くゆ》らせた。

この歳《とし》になっても、若い時分の無恰好《ぶかっこう》な夢を、誰も皆見るのだろうか。

とっくに死んでしまった連中や、何十年も逢っていない若衆が、明け方亀次の夢の中に大声を上げて入って来て、蜥蜴《とかげ》か守宮《やもり》を追い詰めるように、彼をなぶり、いたぶるのだ。

「お父さん、お父さん。今夜はどうなさるんですか」

店の方から嫁娘の妙子《たえこ》のかん高い声がした。

わしもわしじゃ、どうしてあんなに逃げ回るのだろうか。

彼は夢の中で大勢の男達に追いかけられ、身に覚えもないことに怯《おび》えて、路地から路地を逃げ回るのだ。捕まるまいと必死になって袋小路の電柱の陰や、用水桶《ようすいおけ》の片隅《かたすみ》にうずくまって隠れているところを、いきなり後ろから尻を叩かれて、

『ウッハハハ、見つけたぞ。おいみんな、見てみろよ。この亀次の恰好をよ。ハハハ』

と笑われる。

彼は男達に平謝りに助けを乞《こ》うている。その夢の中の自分の恰好を思い出すと、老人はいまいましくなるのだ。

「お父さーん。お父さーん」

また店先から声がした。

蛍光灯の灯《あか》りの下で翌朝の洗い張りを待つ小千谷紬《おぢやつむぎ》の紺色が昆布のぬめりのように光っている。吐き出した煙草の煙が磨き終えたばかりの分離機の脇に糸トンボのように吸い込まれて行く。

なんでわしは夢の連中と正面向いてやり合えないのだろうか。何を怯えとるんじゃ。

亀次は口の中で煙草の苦味をつぶした。

まあええ、忘れよう、忘れるんだ。嫌な朝は、良《え》え夜が来ると言う。そうじゃ。今夜の釣りは大物があがるかも知れないぞ。そうじゃ、いつだって凶の卦《け》の後は吉の卦が出て帳尻《ちょうじり》をちゃんと合せてくれるものな。

「お父さーん、今夜は、どうするんですか」

妙子の声が怒り出した。三十歳を過ぎてよくあんな素《す》っ頓狂《とんきょう》な声が出るもんだ。

「ああ、今夜は行くぞ。……きっと、大漁じゃて」

亀次は家鴨《あひる》のように首を伸し、ギヘンと咳《せき》をひとつして、ポンと膝を叩いて立ち上った。洗い場の電灯の栓を捻《ひね》った。柱に貼《は》った風神様の守り札の朱色がパッと拡《ひろ》がって目の玉の中にスーッと入って消えた。

自転車の荷台にくくった魚籃《びく》の中で釣りの道具が、可愛い子供のように歌い出す。ウキの漆《うるし》は赤ん坊、オモリは錆止《さびど》めお白《しろ》いっ子、糸は乳白甘えっ児《こ》、竿《さお》は背《せ》い高《たか》学生さん、餌箱で踊っているのは川エビの芸者衆、めいめいが今夜の仕事にはしゃぎ出す。気分が段々乗ってくる。久し振りの大物が何やら今夜は釣れそうな、いや、きっと今夜だぞと思えてくる。老いぼれのたったひとつの楽しみに、誰もいない気楽さに、いつものようにペダル踏みつつ歌が出る。

　さてぞ、今夜は、この亀さまが
　のろい、のろいのこの亀さまが
　ひとつ奴をば、しとめてくれる
　のろいのろいの、この亀さまが
　ちょいちょい

歌っているうちに段々、陽気になって来る。嫌なことが消えて行く。黒い海が浮んでくる。えもののチヌ（黒ダイ）の眼玉がまばたきをする。ペダルを踏む足に勢い力が入りだす。

落着け、落着け、チヌが逃げてしまうぞ。そう自分に言い聞かせて亀次は深呼吸をした。見上げると夜雲は独楽《こま》の形になって港の方角へ落ちている。風は薬品工場の糖蜜の匂いをさせて鼻から耳へ抜ける。

やがて工場の塀沿いの道が終ると亀次はゆっくりと右折した。あとは新港までは一本道である。

亀次はこの道が嫌いだった。両側の水銀灯が透視図《とうしず》のように海に向って、その灯りの下に灰色のコンクリートがひんやりと地肌《じはだ》を出して幽霊が歩いて来たように見えるのだ。五年前までこの道の一帯は美しい沼地だった。

　本当にええ沼だった。オリンピックの聖火ランナーが通るから、と阿呆な理屈をつけて役所の連中は沼を埋めてしまいやがった。蓮《はす》や菖蒲《しょうぶ》が咲いて、葦《あし》、ススキ、そりゃあ綺麗《きれい》なもんだった。ちょっと前なら、あのポツンとあった梅の木に赤い花も咲いていたろうに。鮒《ふな》に鰔《たなご》に、鯰《なまず》、おうそうそう鯰と言えば、あの鯰、台風の後だったな、伜《せがれ》の慎一がまだ小学生の頃だろう、バケツに入りきらない大きな仏頂面《ぶつちょうづら》の鯰を、バケツから髯《ひげ》をはみ出してさげて帰って来て、バアさんに沼の主じゃとどやしつけられたことがあったな。二人して夜中に鯰を放しに来たわな。鯰を放すと沼の真ん中辺《あた》りでブクブクと大きな音がして、

『父ちゃん、今何か聞えんかったか』

　と慎一が聞いていたな。

『おう、鯰が礼を言うたの』

　あの晩、慎一と二人で見た月は大きかったのう。あの鯰、どこぞへ行ったか。梅の木があったのは丁度ここいらかの、いやちょっと後の方か……と振り向いた拍子に自転車が石に乗り上げた。ハンドルがクルリと回り亀次はスルルルと工場用地の金網に

突き当った。おっとと、と闇雲《やみくも》摑んだ金網に亀次は横っ面ひっかかれ自転車は止まった。手編みの帽子が鼻までずり落ちて不恰好な姿で片足ついた。

なんというざまだ。いらぬことを考えるとこのざまだ。やれやれ、どっこいしょ。と亀次は股に前輪はさんでハンドルをキュッキュッと戻し、つまずいた辺りの道を見つめた。水銀灯の下に犯人が光っていた。亀次はポツポツと引き返すとそれを眺《なが》めた。何じゃ、これは。拾い上げると、白土にまみれたさつま芋だった。端《はし》を曲げるとキポッと水々しい音がしてぷうーんと黄色い匂いがした。

ふうーん、奇妙なもんじゃ。芋に転ぶとは。しかしなんでこんな処に芋が、ははあーん、焼酎工場へ運ぶトラックからこぼれたな。泥をはらってそれを魚籃の中に放り込んだ。すると旧港の人絹《じんけん》工場から闇を裂くようにサイレンの音が響いた。見上げると水銀灯の灯りが亀次の目の玉を刺した。月を探したが空がぼやけた。

いかん、いかん、とんだ道草じゃ。

立入禁止。そう記してある赤札の脇を抜けてしばらく行くと丁度人間一人出入りのできる金網の穴がある。そこへ亀次は自転車を停めて、荷台の釣道具をほどく。それから亀次はその穴を抜けて堤防沿いに背丈ほどもある春女苑《ハルジョオン》の中を歩く。鼻をつく雑草の香りの中はもう、亀次一人の場所である。堤防は亀次の背丈よりはるかに高く、その向うに見えない海が満潮に向って重い波音を立てている。何年もこの道を歩いているのに、波の音を耳にしただけで亀次は早脚《はやあし》になる。そこまで行けば海が見えるのに子供のように駆け出したくなる。

走ってはならんぞ。音を立ててはならんぞ。鼠小僧《ねずみこぞう》のようにだて、のろい、のろいの、この亀さまが……、それでもザブンと波音がしぶくと勢い肩から歩いてしまう。テトラポッドの暗がりで、黒い海の底で、じっと亀次を待つあのチヌの眼の玉が胸に浮ぶ。そのチヌがからかうように身を返し、深い海に消えて行く。あっ、待て。それにつられてまた早脚になる。

古いコンクリートの階段を上る。海が見える。その瞬間、潮風は何十もの指でズボンも上着も突き抜けて亀次の胸板、臍《へそ》、股間を鷲摑《わしづか》む。その感触は子供の時、風呂上りに裸のまま湯場から飛び出してきて、居間で待つ母親に『こりゃ何を裸でこの子は』と抱きしめられた時のあのひんやりしたぬくもりと似ている。しかしそれもつかの間、亀次の心中は獲物を狙う猫のように丸くなる。

亀次ははやる気持ちをおさえて堤防の上をゆっくりと西へ歩く。そうしてこの湾の丁度真ん中辺りにぽつんとある古びた階段を降りる。海に向って右手は遠く西から岬がせり出し、左手は旧港と新港の境に小さな桟橋《さんばし》がある。月は亀次の背をゆっくりと走っている。

海へそのまま続く階段が亀次の釣りの足場である。階段中程に釣箱、魚籃《びく》を置き、亀次は腰を掛けてまず一服する。海で吸う煙草は風に味を取られて薄くなる。口の中で煙を嚙むようにして、それを口唇を細くして途切れ途切れに吹かすのだ。そして口笛吹きながら、潮の、風の、空の塩梅《あんばい》をうかがいながら今夜の仕掛けを選び出す。近頃ではこの一服が一番楽しい気もする。チヌ釣りは太公望のように悠長ではない。コマセ、餌、ウキ具合、潮加減と休む暇なく、釣り始めるとあっと言う間に帰りの時刻になる。

今夜の波は力がある。明日あたりが大潮だ。風は強いが雲の様子から見るとこのままであろう。満潮までは二時間。仕掛けを作り出す。チヌ針をつまんで口の中に入れる。舌でペチャリとぬく味をつけて糸に結《ゆわ》く。その針を親指の爪に刺して引っ張りながら針のかえりの具合を試す。ガン玉ゴクツブシをハリスに嚙みつける。もう一度月明りを見る。案外海は明るい。月のせいだろう。ウキは蛍光塗料《けいこうとりょう》をつけた亀次手製のウサギと呼んでいる細ウキを選ぶ。ヨウッと立ち上り小バケツかかえて一番下の段まで降りると地下足袋《じかたび》を器用に海面につけてキュウと地面にひねって馴じませ小バケツの中に海水入れてコマセと混ぜる。ほど良く練ったところでそれをポイントに投げる。撒《ま》くのではない狙った場所に投げるのだ。階段を上って竿を組立て、リールを返してブルンと二度、三度振る。餌箱からおがくずの間に眠る川えび起して、頭から親針、これは亀次独特の仕掛けだが、エビの尾から孫針を通す。コマセを片手で打ち、川えびに唾を吹きかけるとヨイシャと立ち上り、スウーッと息吸い込んで竿をポイントに振り降ろす。手元を離れた糸先は蜂のように十五メートル先の岩場に乗っかかるように飛んで行き、寸前のところでひらりと手前の海面に落ちる。まるで命綱にゆわかれた海女《あま》が水面に消えるようだ。

のっこみのチヌが瀬戸内のこの小湾に入り込むのは梅雨《つゆ》入り前、早い時期で四月の下旬、端午《たんご》の節句を聞くとあちこちで当歳《とうさい》ものや中ものの釣果《ちょうか》が話に出る。朝マズメ、夕マズメを狙えればいいが、亀次の商売は年中無休の洗濯屋である。朝早くから夜まで働く、だから亀次の釣りは潮の加減の良さそうな夜釣りになる。

亀次にはここ四年、お目当てのチヌがいた。最初は三年前の春、亀次は釣針にかかったそのチヌを捕り込む寸前で逃がしてしまった。ここら辺りではあまりお目にかかれぬ大物で、初めはイシダイと間違えたほどのどこか壮歳《そうざい》もののすご味のあるヒキで水面下にふわりと魚影を見せた時は思わずごくりと生唾飲んだほどの代物《しろもの》だった。しかしそのチヌの話をしたのは、〝一杯屋〟の斎藤だった。

斎藤は朝鮮戦争の終った翌正月、ぶらりと亀次の町に女を連れてやって来た男だった。

女は大柄の少し気の抜けたような女で、酒を浴びるほど飲む女のいる居酒屋ができたと近所で評判になった。男は無口で、東京《カミ》の方で板前でもしていたのか小器用に肴を作るらしかった。

亀次はその斎藤と源吉の釣具屋で逢って同じチヌ釣りと紹介され挨拶を交わしてから、斎藤は店の仕込みの帰りにちょくちょくと亀次の店の裏の洗い場に顔を出すようになった。亀次も斎藤も口数の多い方でなかったが、釣りの話と言うのはさほど言葉数のいらぬところがあってボソボソと釣果を話してウムウムと頷《うなず》くだけでも楽しいものである。この辺りは地付きのチヌがいないので冬場はウキや竿、道具、仕掛けの話だけでも結構話が続くものだった。春になり魚ののっこみが始まると戦績報告で釣り上げた魚を見せ合ったりもした。斎藤の良いところは坊主の話をする時に妙に正直なところがあって好感が持てた。

「本当に嫌になっちゃうよ。クシュン。ひでえ風邪引いちまって、鼻水がまだ止まらねえんですよ。ぶるぶるこっちが震えるもんだから、竿先まで震えっちまって」

斎藤は昔、結核でも患ったのか目をしばたかせて話すのが癖だった。

「そんでもって上川《かみかわ》さん。コマセのバケツが風に捕られちまって、そうしたら急にアタリがあって、食いはガンガン来やがるし、クシュン」

亀次には寒風に青い顔をして岩場に踏張る斎藤の顔が浮んで可笑《おか》しかった。東京訛《なま》りのこの男は亀次よりひとまわり以上は歳下《としした》に見えたが、何かの事情で女を連れて流れて来たのだろうからそれなりに世間を渡っている気もして、憎めない目を見ると話もはずんだ。

亀次は洗濯屋の組合いの寄り合いの帰り、一度だけ同業の者と一杯屋へ行った。お互いに会釈をしただけで、斎藤は客とほとんど口をきかずに黙々と突き出しや肴を拵《こしら》えていた。女は表の方で呂律《ろれつ》の回らぬ歌を若い男客と歌いながら酒を飲んでいた。亀次は見ない方が良かった場所を覗《のぞ》いた気がして、酒もいける質《たち》ではないので早々に引揚げた。

釣りの話をしても二人は釣り場で一緒になることはなかった。居酒屋と言う商売と洗濯屋と言う商売のせいもあったが、正直なところ二人して釣りに行くと、どこか上手《う》い具合《ま》いに続いていた二人の関係が壊れてしまう気がしたからだ。お互いの釣り場を覗いてみたい気持ちはあっても、それは火事を起こす火種のように感じられた。

その斎藤が突然、チヌの大物を捕り逃した話をした。ホラを吹く男ではなかったから亀次もそのチヌに興味を持った。

「いやね、上川さんにだけ話すんですがね。本当のこと言っちゃうと、そのチヌを捕り逃したのは、今度だけじゃあないんすよ、一年前にも、捕り逃してるんですよ。私ねえ……そいつを釣り上げられたらさあ、なんだか、私も女房も変われるって言うか。どう言ったらいいんだろう……そう、ここにずっと住んでいけるんじゃないか、みたいなこと、考えてたんですよ。へへへへ」

照れ笑いをしながら細い指に目を落とす斎藤に亀次は煙草を差し出した。

「上川さん。ひとつ野郎を上げてくれませんかね。私にゃ、どだい無理な代物《しろもの》です。じっくり行くってことが、どうも出来ないんだなあ、私の性格は」

斎藤は妙に真面目な顔をしていた。

「あんたが無理なら、わしには叶《かな》わんぞ。なんなら、竿を貸そう。弱気だね今日は」

と亀次は言った。

「うーん、やっぱり無理だな、私には。他の奴が上げっちまうなんて、口惜《くや》しいな、いやだなあそれは。上川さんなら上げて欲しいなあ」

翌日亀次は強引に斎藤に釣り場に連れて行かれた。それが堤防の真ん中にある古い階段の下である。斎藤がコマセを投げると、澄んだ水面に一匹の魚影が現われた。大きい。亀次は息を飲んだ。斎藤は恋人でも見るような目をして、そのチヌを眺めていた。

数日後、亀次は〝一杯屋〟のあの女が小倉《こくら》の方から来た船乗りと逃げた噂を聞いた。一杯屋はそれから半年余りして店じまいをして斎藤は挨拶に来ることなくこの町を去って行った。そんな不義理の詫《わ》びを肩と同じように右下りの文字で綴《つづ》った葉書きが届いたのが二年前の正月だった。だから元々そのチヌは斎藤のチヌである。まだ釣り上げてもいない魚が誰のものであると言うのも変だが、やはり亀次には斎藤のチヌに思えるのだ。

二度目にそのチヌを見たのは去年の秋であった。新港の開港祭の帰りに酒でほてった身体を潮風でさましがてら、ぶらりとその釣り場に来た夕暮れであった。波打ち際に浮ぶ西瓜《すいか》の半欠けを突っつく魚影に亀次は気付いた。チヌは悪食《あくじき》な魚で何でも食おうとする。何尾かの魚影がサーッと散ると海底から大きな魚体がゆっくりと西瓜の周りを泳いでいた。まさか落ちチヌの別離《わかれ》の挨拶でもあるまいが悠然と水面下まで上って身を翻《ひるがえ》す姿はどこか堤防からそれを眺めている亀次を笑っているように思えた。

あいつだ、ええ魚体《からだ》をしとる。春に来た時はしっかり観念をさせてやるぞ。

亀次はそうして五年目の春を迎えていた。


小一時間アタリがなかった。

月はわずかに亀次の頭へ寄っている。風が幾分強くなっていた。はるか沖合いに夜釣りの船が漁火《いさりび》を揺らし、そこに水平線の陰らしきものがあるのだろうが星とまぎれて朧《おぼ》ろ気《げ》に映っているだけだった。

今夜はちょいと明る過ぎるかの。

と亀次は竿を立てると糸をたぐって餌を替えた。

パアホーと車の警笛《けいてき》が風に乗って左手の栈橋から聞こえた。見れば先刻《さつき》から鯵《あじ》釣りの連中が新港の栈橋で三つ、四つとカーバイトを焚《た》いているのが見えた。閏《うるう》の年は鯵が良く上る。入れ食いなのだろう、忙しそうに人影が動き続けていた。

小鯵の唐揚げも美味そうだな。

いや、いや、他所食《よそ》いは本命にふられるからの、と糸を放つ。

奴め、まだこの海には来ぬか。それとも、ジッとわしの辛抱を試しているのか。そっちがその気なら、亀次とて我慢は人一倍じゃ。


「お父さん、ひばりが出てますよ。お父さん、ひばりが歌ってますよ。聞こえないのかしらね」

居間から妙子の声がした。そばで慎一の声もする。

「声を大きくしてやれよ。おやじ近頃テレビをみないんだよ」

テレビがイケナカッタ。見ているとどうもその中に入り込んでしまう。時代物や刑事物などは何かの拍子に、アッとか、ワッと突然声が出てしまうのだ。それもそばで寝ていた孫が目をさますほど大きな声である。口をおさえて見ているとどこか悪い事をしているような変な気持ちになる。妻のヌイの肩が凝《こ》り出したのもテレビ受像機を買ってからだった。もの珍しさで初めの内は毎晩見ていたが、その内三十分も見ているとどこか身体が疲れる気がした。ひどい時は怪談番組で冷汗をかいている時もあった。ヌイが腎炎《じんえん》こじらせて死んでしまった通夜、居間のテレビを見て、

「ええい、こんなもん捨てて来い」

と怒鳴って以来テレビは倅夫婦《せがれ》の部屋に置かれるようになった。別に新しい物が嫌いな訳ではない。若い頃、自動車を見物に山を越えて村の若い衆と一日歩いて行ったこともあった。奉公を始めてからも休みの日には映画を観に行くのが楽しみだった。博多の港に大きな船が着いていると聞くと人一倍見てみたい気持ちになった。なのにテレビはどうもイケナカッタ。

新型のアイロンが出る度に修理が面倒になり始めていた。アイロンの中の雲母《うんも》の一枚一枚が粗雑にこしらえてあるように思えた。機械を作る連中がどうもいい加減になったように思えた。修理に来た若い者がパーツごと無造作に捨ててしまうのを見て腹が立った。

倅の提案に反対し続けたプレス機を購入した日、滅茶苦茶なその仕上りに驚いた。こんなもんでお客に仕事が納められるはずはないと思った。仕上りを試した慎一と、

「あら、お父さん、私だって、こんな綺麗に仕上るやん」

肩のくびれたカッターシャツを胸の前に拡《ひろ》げて八重歯を出した妙子の顔が、空怖しく見えた。

亀次は佐賀の小さな山宿場で生れた。家は研屋《とぎや》を営んでいたが、父親がひどい酒飲

みで、家の中には砥石《といし》の臭いと酒の臭いのどちらかが絶えなかった。五人兄弟の三男で「手に職さえ持っちけば、飯は食えていけるがの」と口癖のように言われた。長兄も次兄も長崎や佐世保《させぼ》へ働きに出された。母は父の酒が増えてからは、泣くばかりの女で酒に酔って踊り出す父の側で笑いながら涙を流していた。数えの十一歳の正月が終ると亀次は若松に住む叔父に連れられて博多の白美堂という大きな洗濯屋に洗濯職人の奉公へ出された。八幡《やはた》製鉄所の朦々《もうもう》と立ち上る煙と工場群、立ち並ぶ家並に驚きながら博多に着いた。白美堂は十数人の職人が住込む大店《おおだな》であった。

最初の夜仕事場を案内されて、亀次は仕上りを終えて柵に並ぶ洗濯のアガリ物をみた。海軍将校の礼服、見事に石ダタミ《かいず》にされた白袴《しろばかま》、丁寧《ていねい》に毛揃いのされた山高帽子、新品に見える白いシャツの列、洗い張りを終えた鮮やかな振袖《ふりそで》、それらを眺めて亀次は本当に美しいと思った。翌日から二の腕を出し汗を流して洗濯物を仕上げる男達を見て頼もしいと感じた。これが自分の一生の仕事かと考えると嬉しかった。朝四時から夜十時まで亀次は働き続けた。辛《つら》いとか苦しいとは思わなかった。これが与えられた自分の仕事であり、永い奉公をすれば暖簾《のれん》を分けてもらえる人もいると教えられた。しかし先のことなどわからなかった。働くことが大人になることだった。

亀次は人一倍、不器用だった。亀次と言う名も余計にそれを周りの人間に思わせた。それでも生来の性格か、亀次は暗くなることがなかった。どこか自然に笑顔に見える愛嬌《あいきょう》のある顔をしていた。外交の自転車にさえ乗れるようになるのに他の若い衆と違って随分とかかった。若い衆の寝静まった夜中にひとり何度も転びながらペダルを踏んで練習をした。

召集令状は早く届いた。中国で終戦を迎え復員は遅かった。何日かの差でシベリアではなくウズベックへ連れて行かれたのは幸運だった。

博多へ戻ると白美堂は戦災でなくなっていた。

世話をしてくれる老夫婦があって瀬戸内沿いのこの町で小さな店をまかされた。結婚もその年だった。ヌイは一度結婚した戦争未亡人だった。当時はよくある話で亀次には過ぎた女だった。亀次より歳は二つ上なのに妙に子供じみた明るい女であった。一男一女を授ったが長女は四歳の時日本脳炎で死んだ。伜の慎一が大阪《カミ》に働きに出て家業を継ぎに戻った。孫の顔を見てからヌイは死んだ。

亀次は、十一歳の時から朝一番に起きて夜一杯まで働いた。奉公の時も兵隊の時も人前で破目《はめ》を外したり大声を上げたりすることはなかった。ほどほどにと思いながらほどほどでやって来れた。

亀次はコマセのバケツに海水を足した。月が掬《すく》おうとした手元の海面に浮んでいた。そろりと水を取るとゆらりと月が歪んで元の形で上下した。海月《くらげ》に似て薄気味悪かった。餌を取替えて竿を下ろしコマセを投げた。コマセが波紋を残している内にウキの兎《ウサギ》がピョコリッと耳を上げアタリもないままウキはサーッと水面から消えた。あれっ、とあわてて竿を立てるとブルンとチヌとは違う感触が手元に伝わった。なんじゃ、アブラメか、タナゴか、いやちいっと違う。右、そして左と竿へのあおり方が違う。亀次は用心深くリールを巻き上げながら、案外の軽さに半分拍子抜けして竿を上げると、紐《ひも》のような獲物が糸の先に丸の字になって顔を出した。……鰻《うなぎ》だ。そう大きくはない鰻が金色の腹をくねらせて跳《はね》た。ほう、珍しいもんが上ったの。こんなとこに鰻がうろちょろしとったのか。

鰻は鰓《えら》を膨《ふく》らませて小さな眼を開けていた。針を外そうとすると孫針を飲み込んでいて上手く行かない。鰓下を握り直して締《しめ》てやるとクイエクイエと声を上げて鳴いた。ええい、ちいっと我慢をせんかい。針が取れると鰻は急に身体の力を抜いた。ぷうーんと泥の匂いがした。どうしたものか、カバ焼きにでもするか、にはちと若過ぎる鰻を亀次は鼻先にまで突き出して、その面に「おい、美味《うま》い、カバ焼きになるか」

と睨むと鰻はまたバタバタと身をくねらせた。

そう言えばヌイは鰻がダメだった。蛇なぞもっての他で、街中の道端でさえ縄物をみるとドキンとしてしばらく動悸《どうき》が消えなかったらしい。鰻を見ると寒気がすると言った。尤《もっと》も鰻を食べる贅沢は所帯を持ってからも年に一度あればいいほうで、まだ慎一が小さかった時分、駅前の食堂で二人してカバ焼きを内緒で食べたのが慎一の口からバレてしまいヌイにひどく嫌がられたことがあった。それからいつの間にか家で鰻を食べることがなくなった。ヌイが死んでからも鰻は食べていない。亀次は手の中の鰻を見ながらもう嫌がるヌイもいないのだからおまえを食べられるのだな、と思った。するとヌイの顰《しか》めっ面が浮んで泥の匂いが急に気まずい匂いになった。

亀次は近頃、残った人生をいつもヌイに見られていると思う癖が出来てしまっていた。

息吸い込んでプウーッとまずい匂いを消すように鰻の面に息を吹きかけるとポーンと沖に向けて鰻を放った。何やら勿体《もったい》ない水音がポチャリとした。その余韻の中にヌイのふくよかな身体が動いた。甘いような恥かしい気がした。亀次はまばたきをして海を見つめなおした。海は平然としていつも通りであった。

いつの頃からだろうか、海を見ていると妙に亀次は心が落着いた。

山で生れたのだが初めて海を汽車の窓から眺めた時、海は不思議に亀次の気持ちをおだやかに包んだ。赤面症で何をさせても不器《ブキ》と呼ばれた修業時代、配達帰りに須崎橋から博多湾を見ると身体の血が冷たく落着くのを覚えた。物言わず刻々と寄せては引いて行く波が怖いようで、またどこか正直のような気がして好きだった。

亀次は子供の頃、いつか自分だけがひどい目に遭わされる気がずっとしていた。人一倍臆病であった。山の神社の裏にある祠《ほこら》の洞窟でさえ山の子供の中で亀次一人が入れなかった。しかし今こうして還暦《かんれき》を迎えてみると、その臆病が用心となって良かったのかも知れないと思う。そりゃあここ最近世の中が急にせわしなく変わろうとして、洗濯屋も機械を入れて亀次の納得の行かない仕事で済んでいるがそれはそれで時代の流れだろうし、それでも自分が何十年と守ってきた元のちゃんとした仕事をお客は選ぶに決っている。嫌なこともあったが戦争から帰った時に皆忘れてしまうことにした。借家であれ一軒の店を構えて商《あきな》いもでき、妻も、子も、孫の顔も見られたのだから、しあわせなのだ。運の悪い人間じゃあなかったのだろう。

もう白美堂も慎一と妙子の時代だ。亀次とヌイがやってきたように慎一と妙子が……、亀次はふと今朝の洗い場で見た妙子の姿が気になった。

亀次は妙子が苦手だった。今朝亀次は二階の物干し場で一番洗いの洗濯物を吊り終えて洗い場の階段を降りていた。するとそこから、洗い場にうずくまるようにしている妙子の姿が目に入った。妙子はシミヌキをしていた。その恰好は丁度少女が小水をしている姿に似ていた。うつむいた横顔に垂れた髪が少し笑ったような口元にかかり、以前どこかで同じ恰好の同じ顔を見た気がした。それでも亀次はそれを余り考えようとはせずに妙子にわざと聞こえるように、ええ天気じゃ、もちっと風がありゃあ洗濯屋日和《びより》じゃ、と声を出した。妙子も顔を上げて笑った気がした。

妙子に対してそんなふうに感じたのは今までに一度や二度ではなかった。家業を継ぐために式も挙げずに入籍して連れ戻った慎一の後ろに立った妙子が両手に荷物を下げてぼんやりと店の前にいるのを見た時も、おやっ、どこかで逢った女だと思った。しかし歳とて三回りは違うし、ヌイから聞いた経歴からも亀次と妙子が逢っているわけはなかった。たぶん誰かの空似だったのだろう。第一誰に似ているのかも思い出せないのだから。

しかし同じ屋根の下に暮すようになってからも、風呂上りの妙子の胸元や肩の膨みが気になる時があった。近くで見ている時はさほどでもないが少し離れて、しゃがんでいたり笑い声を上げて髪を揺らしたりすると、おやっ、と思うことがあった。忘れかけた頃にそんな仕種《しぐさ》や目付きの妙子を見つけた。

ある時それが何なのだろうかとじっとそんな妙子を窺《うかが》っていたら、いきなり『何ですか』ときつい声で聞かれて、その瞬間ドギマギとして耳元まで熱くなってしまった。以来そのことはなるたけ見ぬように心掛けた。そのせいかここ一年近くそんな場面も忘れていたのだが今朝階段から降りる時に、またひょこりとその感覚に出会《でくわ》した。イケナイことのようで今朝も知らぬふりで通り過ぎるようにした。

亀次はぼんやりとウキを眺めた。しかし妙子の、あれはいったい何なのだろうか。まあ歳を取るとわからんことも増えてくる。今夜はちいっといらぬことばかり考え過ぎるぞ。亀次は竿に調子つけてウキを左に振った。波音がポチャリポチャリという音からペチャンペチャンに変わりときおりポーンと鼓《つづみ》を打ったような音を立てて水が岩場に流れ込んでいた。堤防の壁にはり付いたフジツボの波のシミを見れば今夜辺りが大潮なのかも知れない。月はやや傾いてなげたコマセの波紋に揺れた。

ウキの兎《ウサギ》はいつの間にか忘れられたような顔をして正面の岩場に寄せられている。亀次は竿先を右に入れた。ウキは左へ静かに戻って潮中でポンと止まった。指元にわずかなサワリがあった。アタリか、……またわずかに、小さなアタリ。気のせいにも思えた。亀次の息が止まった。ウキを見つめる目の玉と竿先を窺《うかが》う指先に血がひたひたと集まって、亀次の背中が少しずつ丸くなり、次の動きを待っていた。ウキがピクンと下った。スーッと上ってきてそれっきりじっと動かない。小物じゃないぞこいつは。小物ならばとっくに喰《く》え込んでしまっている。あわてるな。寄せるな。辛抱だぞ。足の指に力が入る。地下足袋のゴム底をゆっくりと捻《ひね》る。ウキがふたつ……みっつ沈んで上ってくる。あわてるな。まだ早いぞ。口の中に唾が溜って粘り出す。よっつ目が深目に沈んで止まる。亀次の尻はもう半ばコンクリートの階段から浮いている。下唇を噛みながら粘った舌先を歯裏に押しつけた。

その瞬間、ウキは左の岩場へグーンと、いつつ目のヒキをして、沈みながら駆け込んだ。がその時はすでに亀次は中腰の姿勢のまま竿を右上に勢いよく上げて合せをしていた。

よおっし、かかった。グオンと重い引きが海中から伝わった。強い。重い。違う。岩場へ逃げようとする。亀次は一《いち》の寄せを大胆に引いた。ギューンと竿がしなり糸と一直線に繋《つな》がると得体《えたい》の知れない新たな弾力が海中から返ってきた。すかさず亀次はリールを巻き上げた。そこで二《に》の寄せをサーッと入れた。相手はその弾力で幾分浮き上ったように思えた。これで並の相手なら亀次の領分に一気に呼び込めるはずだが、そこからドシンと岩にかかったように動かない。竿先を見ると少しずつ相手は自分を海の底へ戻そうとしている。亀次は糸を張ったまま階段二つ降りると半ヒロ糸をゆるめた。そしてすばやく三つ四つと加減を入れながら糸を巻き上げた。ブルルとチヌ特有の粘りっ気のある感触が手元を流れると、しめた、と一気に引き揚げたが、竿が撓《たわ》むばかりでまたガンと動かない。そうして先刻より強い力で底へ引く。亀次はそれでも力をゆるめない。正念場じゃぞ。ここで力を抜いたらいかんぞ。時間をかけてはならんぞ。地下足袋に波がザブリとかかり、海が揺れた。

あいつだ。あいつに違いない。亀次の目の奥に去年の秋のチヌの姿がよぎった。ここで会うたが百年目だ。ギリ、ギリリと亀次は少しずつ相手を持ち上げて行った。丁度、亀次とチヌは水面を境として半々の持ち場で渡り合っていた。水面に魚体半分でも上げればもう亀次の勝ちである。魚の口を空気に開けさせれば人間の勝ちだ。魚《チヌ》とはそういうものなのだ。逆に海底の岩場へチヌが戻ることができれば、そこは相手の持ち場でまず根付いて岩穴か窪みに魚体をピタリと着けて糸を岩肌に当てられ、切られてしまう。

ジリジリと亀次は相手を引き寄せた。しかし相手も引き続ける。腹バンドに差し込んだ竿ヅカが臍《へそ》の辺りに食い込んでチヌの歯先が亀次の臓腑《はらわた》に嚙《か》みついているような気がした。こんな相手は初めてだった。こうなると魚は少しはあわてるものだがジタバタしないのが不気味だ。それでも亀次は少しずつリールを巻いては止め、止めては巻き上げた。亀次は限界でそれを止めた。

三分……五分、気を抜いた方が負ける。しかし相手もあらかじめこうなることがわかっていたように落着いていた。亀次は少し臆病になりそうになった。どうにかならんものか。そこへドーンと大きな波がきて亀次も相手もフウーッと浮いた。亀次はそのはずみを逃がさずに、

「南無三《なむさん》」

と声を上げ全身を鋼《はがね》のようにそり上げた。

ヒュウと口笛に似た音を立てて竿が風切ると、ギン、シュウとチヌが水面に現われた。すかさずチヌめがけてタモ網を合せると、尾ビレをわずかに水に付けたチヌが急に水鳥のように左の岩場へ走った。

なんちゅうことをするんじゃ、こいつめ。と力んだ拍子に竿が先三分辺りでギシッと割れるような音を立て、その勢いでチヌは飛び魚のように左手前の岩場に向って突っ込んだ。一瞬亀次は何がどうなったかわからなくなって、軽くなった竿を振った。折れてはいるが糸も残ったままブラブラと揺れた。竿先から糸だけを握って引いてみ

ると糸先の方で何やら動いている。あわてて懐中電灯を点《つ》けて糸先辺りを照らし出すと、大きな一枚岩の窪みにチヌは横たわっていた。一、二度バタついたが海の方角に斜めに突き出た岩でどうしようもなかった。チヌは最後の力を出して逃げようとして、とんでもない場所へ飛び込んで行ってしまったのだ。亀次は手品でも見せられた気持ちになった。

懐中電灯でもう一度チヌの恰好を見つめた。すると喉元《のどもと》からクククックッと知合いの失態を笑うような可笑《おか》しさがこみ上げてきてやがて大声で笑い、やったぞ、やったじゃないかやカメさん。と手を打って喜んだ。

チヌを捕り込むには亀次の立つ階段から一枚岩までは厄介な地形であった。糸をたぐってみたが途中の岩に糸は回り付いたらしくどうやら捕り込むには一枚岩まで渡らなくてはならなかった。階段から一枚岩までは三メートルくらいあり、間に満潮に向う波が寄せていた。亀次は辺りの岩を見回し、堤防の壁が段になった細い出っ張り伝いに行けば一枚岩まで一つ、二つの岩を伝って渡れるのを見つけ、タモ網を杖替りに足の幅ほどの出っ張りを用心深く歩いて行った。一枚岩の正面まで来たところで、亀次は糸をたぐってみた。どうも岩にからんでいる。電灯を照らして目の前のチヌを見た。見事な大きさである。六十センチ、いや七十センチあるかも知れない。月明りの下で魚体を黒く光らせたチヌが横たわっている。亀次は初めてその大きさに驚き、喜んだ。釣り具屋の源吉がこいつを見たら、どんな顔をするだろう。考えただけで亀次は胸が躍った。ザアーンと波がしぶいて一枚岩に水が跳《は》ねた。もうすぐ満潮だ。いかん、波に持っていかれたらえらいことだ。亀次は一枚岩に連なる二つの岩をタモ網で確かめ、なんとか行けそうな気がして、白く泡立つ波の引け目を狙ってひょい、と一つ、ひょいと二つ目の岩から、それっと一枚岩に飛び移った。と思った時二つ目の岩はぐらりと傾いて亀次の身体はスベリ台に乗ったようにそのまま一枚岩の横をすべってザブンと下半身を海の中に突っ込んでしまった。あわててチヌの岩にしがみついて身体を支えたが苔《こけ》の生えた岩肌に両手がすべって足元から誰かに引きずり込まれるように岩と岩の窮屈な狭間《はざま》に、すっぽりと身体を挟《はさ》まれてしまった。まるでどこかの戯《いたず》ら児《こ》どもが企んでいた落し穴にまんまとはまった恰好だった。

痛、タタタ。まったくなんというざまじゃ。亀次は両手を二つの岩に当てて懸垂《けんすい》をする要領でヨッと身体を持ち上げた。しかし岩と岩の間に亀次の身体は海老《えび》の形で挟まっているらしく腰骨が一方の岩に当って痛みが走った。今度は足を蹴上げるようにして身体をひねってみたが左足が膝下からひどく狭い穴にはまっているらしく上手く行かなかった。右手を海の中に入れて腰の辺りの岩を押し上げてみたがビクッともしない。エイッと肩から揺らしながら押し上げたが無理である。

やれやれ、とんだ災難じゃ。亀次は少し自由の効く右足を水の中で回しながら踏ん張れそうな場所を足の裏で探したが足には何も当らなかった。どうやら下は大きな空洞のようだった。左足を右へ、左へと回そうとしたがギプスの中のように動かない。亀次はため息ついてフウーッと息を吹き、チヌの岩に両手を拡げて抱きつくようにして身体をゆっくりと引き上げた。が先刻よりも亀次の身体は前屈みになっていた。

おい、おい、どう言うことじゃ、これは。亀次は身体の力を抜いて動かせる自分の手や足をゆっくりとひねった。あわてることはない。入ったもんが抜けぬ道理はないて。亀次は力をためて自由の効く両腕と右足をエイッと振り回した。キリリと左足と腰骨に激しい痛みが走った。するとザアーンと波が岩を洗うように襲って亀次の胸元まで濡らした。急に胸から腹へ、腹から内腿、そして足先に五月の冷たい海の手が触った気がした。下半身を縛り上げられたような不気味な冷たさだった。

いかんぞ、これは。亀次は堤防を振り返り、沖合いをぐるりと眺めた。

ヌイが死んでから、亀次はヌイのことをふとした時に考えることが多くなった。時々独り言を言っている時があるらしい。そんな時は決ってヌイのことを思い浮かべている時だった。

「あら、こんにちは。今年もちゃんと来たのねえ」

庭先にいる妻のヌイの声だった。

洗い場からコの字に突き出た母屋《おもや》の裏に小さな庭があった。そこに小さな葡萄の木があった。毎年初夏になると黄緑色の水々しい蔓《つる》が粗末な竹柵《たけさく》に手を伸ばし、三つ四つと葡萄の実をつける。ヌイはその実が顔を出すと、まるで友達に一年振りに再会したような物の言い方でそれを迎える。ヌイにはそういう変わったところがあった。物干し場で二人して洗い張りの継ぎ竹を抜いていると、突然大声で、

「あら、綺麗な夕焼けねえ。まあ猫が夕陽をくわえてるわ」

亀次も手を止めて夕焼けを見てしまう。

「ほら、夕陽の左っ側の雲ですよ。ほら、とんがってるところが耳で、後ろにしっぽが向島の方へ下ってるでしょう」

亀次にはただの夕焼雲にしかみえないが、指をさして子供のように説明をされる

と、ヌイの言うようにも思えたりした。

初孫の美津子《みつこ》が生れてから、二、三日目の夜、

「これで私の夢がやっと叶《かな》いますわ」

と寝屋でヌイがもらしたことがあった。

「おやすみですか」

「いや……」

「私、ずっと夢があったんです」

「………」

「慎一に子供ができたら、私に孫ができたらあの葡萄の見える縁側にミシンを出して、私、孫の洋服を作るのが夢だったんです」

亀次はそんな話は初めて聞いたと思った。

「それで、私、もう十年も前にその生地を買っちゃってたんです」

亀次は起き上って煙草を咥《くわ》えた。

「ちょっと聞いていいですか」

「なんじゃ」

「あなた今までで一番しあわせだった時っていつです」

「……………」

「しあわせって言うのもおかしいけど、あの時が楽しかったなあーとか、あるでしょう。今まで生きてきて、その中であの一日が一番楽しかった気がする……そういうのですよ」

見るとヌイは大きな目を開けて天井を見ていた。

「私は、私はですよ、笑わないで下さいよ。尋常小学校の時、算盤《そろばん》が駄目だったんですよ。それで先生にも母にもよく叱られたんです。私、それで夏の休みの時、毎日練習したんです。そうしたら、学校が始まって最初の秋の試験で、組中で三番だったんです。私、起立をさせられて、賞《ほ》められたんです。あの日のことはずっと忘れないんです。嬉しかったのをずっと今でも覚えてるんです。先生の顔とか振り向いて私を見ていた同級生の顔とか、教室の中に差し込んでいた陽差しの加減まで覚えてるんです。可笑しいでしょう」

亀次はそんなものか、と笑っているヌイを見つめた。そして自分にとってはどんなことだったのだろうと考えてみたが、すぐに思い浮ばなかった。

「それとですね、もうひとつ。ほら慎一と三人で二泊の旅行へ連れてって下さった、あの別府の朝、旅館のご主人の写真機借りて、旅館の前で写真撮ったでしょう。あの時、写真機を覗いていて、あなたと慎一が笑ったのを見た時、ああ、これがしあわせなんだろう、って思ったんです。私、前に別府へ行くはずだったんです。ごめんなさいね、こんな話をはじめて……」

亀次は煙草を消して、ヒカリの箱の茜色《あかねいろ》のデザインをぼんやりと見た。後にも先にもヌイが前夫の話をしたのはその時だけだった。

亀次はふとその時、南方のジャングルで銃に寄りすがって木にもたれ座《すわ》っている男が浮んだ。眠っているのか死んでいるのかわからないが帽子の鍔《つば》の陰に顔半分が見えず、口だけが小さく半開きになっていた。その男がヌイの前夫のような気がした。

「その算盤の日と、別府の朝。どっちがいいのか、ちょっとつけにくいんですよ。案外と人から見たら下らないことでも、なんて言うか、とても楽しかったことってありますよね」

亀次はその辺りで眠ってしまったらしいのだが、それから一、二度その夜の、『あの時が楽しかったなあーとか、あるでしょう』のヌイの言葉を思い出して、考えてみたがどうもこれじゃあないかというのが思い浮ばなかった。亀次には賞められたり、晴れがましいことが一生のうちになかった気がした。

オーイ、オーイ。

亀次は桟橋《さんばし》のカーバイトの灯りに向って先刻《さつき》から何度も大声を上げていた。しかし風下《かざしも》の岩場から桟橋までは遠過ぎてしかも風音と波音の中で亀次の声は千切《ちぎ》れ千切れて消えて行くだけだった。オーイ、オーイ、オーイ。それでもまだ亀次は、タスケテクレーと叫ぶことができなかった。生れてから一度もタスケテクレーと叫んだことがなかった。

しかし亀次にはひとつ重大なことがわかっていた。この辺りの岩形、潮の様子は何度も見知っていたから、満潮になればこの一枚岩も、無論亀次もすっかり水の中に潜《もぐ》ってしまうことに気づいていた。実際、先刻まで臍の辺りだった海水は胸のポケットの辺りまで上っていた。

桟橋のカーバイトの灯りがひとつずつ消え始めた時、亀次はもう一度オーイ、オーイ、オーイ、と叫んで、息を一度ついてからタスケテクレー、と声をふりしぼって言った。それから二、三度立て続けにタスケテクレーと叫んだ。すると沖を向いていたカーバイトの灯りが亀次の方角へ向いたので声を上げて両手を灯りの方へ振り上げた。亀次は目を見開いてその灯りを見つめた。すると、ポソッと音がしたようにその灯りが消えた。

カーバイトの最後の灯りが消えて、車のライトらしきものが点《つ》いた時亀次は大声で、タスケテクレー、ココダー、タスケテクレーとたてつづけに叫んだ。しかしパアホーと笑い声のような警笛を残して、車のライトは鼠のように桟橋から失せてしまった。叫び声と入れ替りにやってきた静かな闇の中で亀次は指先や耳たぶの温みが足先からスーッと海の中に流れ出すのを感じた。すると張りつめていた気力までが海の底に沈んでしまいそうで、あわてて両岩に手を当てて持ち上げようとした。動くはずはなかった。もう何回となく体勢を変えたり岩を押し上げたりを繰り返してみたのだから……。

亀次は堤防を振り返って潮の加減を見てみた。腕時計は岩に落ちた時ガラスごと割れて止まっていた。堤防のフジツボの色変わりだけが目安だった。階段を見ると点けっぱなしの懐中電灯が段の中程から興味深そうにこちらを見ていた。タモ網はどこかで浮いているのだろう。可愛い子供のように大切にして来た釣り道具は皆バラバラで、おまけに自分の恰好を思うと情けなかった。左足の痛みはなかったが、唯一の人の気配《けはい》が桟橋から消えてしまうと周囲の波音は荒々しい音になっていた。大きく息を吸ってみた。上の方で何か物音がした。見上げると雲は先程より増えて千切れて、その狭間に月がポツンとあった。

死ぬのか、わしは。

先刻から考えまいとしていた思いが、ふいに頭の中から飛び出して来た。

ここで、こんな恰好でか。

今夜、ここで、こんな恰好でわしは死ぬのか。そんな馬鹿をされてたまるかい。くっそうー。

亀次は全身に力を込めて岩を押し上げた。力を入れれば入れるほどそれが自分の身体の中に跳返って左足がズキンと痛んだ。それでも左足一本はどうでもいいとグイグイ押してみたが、同じことだった。

亀次は桟橋とは逆に岬の方を窺《うかが》った。岬の稜線から下は黒く海のてかりがあるだけだったが、ひょっとして亀次と同じように夜釣りをしている者がいるかも知れない。

オーイ、オーイ、タスケテクレー、数回叫んで、肩で息をしながら闇からの返事を待ったが何も誰も答えなかった。

くそったれめ。

亀次はまた息を吸い込み今度は正面向いて届くはずのない沖の船に向って声を上げた。

オーイ、オーイ、ココジャー。

軍隊の時もそうじゃ、
声が小さいと随分殴られたものな。

カミカワ、キサマ、コエガチイサーイ。

モットハラニ、チカラヲイレンカ。

アゴヲヒケ、アゴヲ。

耳に残っていた下士官の怒声《どせい》が聞えて亀次はあの頃のように背筋を伸ばし腹に力を入れて顎《あご》を引くと、タスケテクレーとやってみた。二度、三度繰り返してみたが前より声は小さく思えた。それでも顎を引いて桟橋、岬の方へ叫び声を出した。

しかししばらくすると馬鹿げたことをしている気がして、身体の力を抜いて、ゆっくりと上半身を岩にあずけた。冷たい岩肌に頬を当てて沖を見ると漁船の上に雲が投《と》網《あみ》を投げたように散っていた。その遥《はる》か上方に数を増した星がまばたいていた。

ここで終りかや、カメさん。

いったい何のバチが当ったのだろうか。

すると後ろの方で物音がした。気のせいかと耳を立てるとまた、バタッとした。気味悪くなって首をソロリ伸ばしながら覗いた。

あのチヌである。すっかりとチヌのことを忘れていた。亀次は肩に巻き付いていた釣り糸をたぐって静かに引き寄せた。一枚岩をすべるようにチヌは亀次の胸元へ流れて、目覚めたようにバタバタと暴れた。抱くように捕まえるとやはり六、七十センチはあろう大物である。チヌは自分の尾に水を感じるとまた跳ねるように身をそらした。両手に力を込めてチヌを岩におさえつけるとおとなしくなった。月明りにチヌの眼は逃げる機会を窺っているようにも観念しているようにも映った。十年は生きている背の厚味だ。貫禄がある。亀次にはそのチヌの貫禄が急にいまいましく思えた。一杯屋を諦《あきら》めさせ、今亀次をこんな目に会わせたと思うとこのまま岩に押しつぶして締め上げてしまおうかと思った。亀次はチヌの面構《つらがま》えをじっと見た。睨みつけるようにしていると、目の前の魚の小さな眼が次第《しだい》に可哀想にも、逆に愛嬌があるようにも思えた。大きな魚体の割には小さな眼だった。こんな大物を源吉に見せたらどんな顔をするじゃろうか。ううーんと黙る源吉の顔が目に浮ぶ。さて、どうしたもんか、このチヌを……痛《イタ》、ふいにチヌが指を噛んだ。中指がキリッと痛んだ。この生意気《なまいき》なチヌめ、とおさえつけるとキュウンと小さな声がした。まさか鯛《たい》が鳴くはずもなかろうが、それっきりチヌはおとなしくなった。亀次は上着のボタンを腹まで外してチヌの尾をバンドの中に刺し込んで肌着と上着の間にチヌを入れて胸までボタンを掛けてこの大物を胸の中に抱いた。居心地がいいのかチヌはそれっきりじっとしていた。

ときおり波は亀次の首元までうねったが、亀次はもう静かにしていた。空が暗い紫色に変わっていた。胸元から入る海水にボタンを首まで掛けた。首が心持ち苦しくなると紫色の空は黒い闇に映った。それは時々亀次の夢の中に出てくるあの丘陵の夜空だった。

——秋風の降る漢水《かんすい》、潜江《せんこう》の小さな丘で上川亀次初年兵は歩哨《ほしよう》に立っていた。星も月もない闇の中にわずかに交通壕の間を饅頭《まんじゆう》の形にエンガイ壕が影を見せていた。足元には粘りつく黄土が雨に生き物のように流れ、穴の空いた軍靴の底から水が蛭《ひる》のようにジワジワと這《は》い上っていた。冷たい黒泥色の空間に亜鉛引鉄線を繋《つな》ぐガイシの白色が埋められた人間の頭の先のように剝《む》き出していた。雨の音は耳の中に入らず皮膚の間から気体のように沁《し》み込んで行った。数少ない木立ちが風に揺れると得体の知れない物が自分のことをじっと観察し何かをしてくるような気がした。夕飯を食べたはずなのに腹がどうにも減って仕方なかった。物音がしたような気がすると、それが風の音か水の音か息を止めて辺りをうかがった。腹が空いていた。口の中がざらつくのは歩哨勤務の前に、顔が笑っていると上等兵から床尾鈑《しようびはん》で殴られたせいだ。決して笑いなぞしなかった。その古参兵は何かにつけて亀次をいたぶった。命を捧げての奉公と教えられ、そうはしていても、あらぬことで辱《はずかし》めを受ける自分と、それでもこの丘に一人っきりで歩哨に立っていて蜥蜴《とかげ》のように脅《おび》えている自分が惨《みじ》めで仕方なかった。そうして歩く度に脚絆《きやはん》にヌメヌメと這い上ってくる冷たさを感じるとこのままこの黄土の中に崩れ落ちて行く方がましのように思えて、亀次は子供のように泣いてしまうのだ。山砲隊の攪乱《かくらん》射撃が炸裂音《さくれつおん》をさせると頭の先から杭《くい》を打たれたようにびくついていてまた肩を震わせて泣いてしまうのだ。それが確かに泣いていたのかどうか、もう二十数年前の夜のことだからはっきりとはわからないが、夢に出てくる亀次は声を上げてオイオイと泣いているのだ。

——どうして変な夢を、わしは見るのだろうか。軍隊の時のことは皆忘れると決めたのに……。

水が肩まで上っていた。亀次は少し背伸びをした。不思議と寒さはなかった。あと三十分もすれば水は顔まで上ってくるだろう。喉が渇いていた。唾が出なかった。急に煙草が吸いたくなった。胸のポケットから濡れてしまったヒカリの箱とライターを出して、亀次は煙草を咥えた。しっけた煙草に向けてライターを点けた。カシュ、カシュとしめった音だけが続いた。煙草がぽろりとくずれて口の中に葉の苦味だけが残った。唾を吐こうとしたが乾いた息だけが出た。もう一本咥えた。突然嗚咽《おえつ》と、大粒の涙がポロポロとこぼれた。訳もなく涙が溢れ出た。泣いてしまえと思った。泣き続けてやると思った。泣いて何が悪いんじゃ。めそめそしながら死んでやると思った。プレス機だと。ネクタイの洗濯は受けるなだと。洗い張りは止《や》めるだと。急ぎの客は取るなだと。五十六連隊だと。二十年振りの戦友会だと。馬鹿ったれが、そんな寄合に死んでも行ってやるか。

亀次は生れて初めて大声を出して怒鳴《どな》り、泣き声を上げた。鼻水と涙が次から次に首筋へ胸へこぼれて水の中に流れて行った。身体がしゃくるほど亀次は泣き続けた。

月が涙の残る目の中に二つになって揺れた。

泣くだけ泣いてしまうと亀次は全てが終ったような落着いた気持ちになった。そうして今しがた大声を出したことが恥かしいような馬鹿げたことに思えて鼻をシュンと手でかむと、大きく溜息をひとつ吐《つ》いた。

やれやれだのう。

ヌイ、そっちへ行くか。

チヌがバタッと背ビレを動かした。こうしていると赤ん坊を抱いているような変な気持ちがした。

もう仕様がないのだろう。

わしのおしまいはここだったんだろう。

ヌイの手編の毛糸帽が海水に濡れた。背を伸ばしていないと波が顔に当るようになっていた。亀次は頭上を見上げた。ゆっくりと周る星座のようにポツポツと昔のことが浮んだ……。

蜜柑《みかん》の花の下で山菜《さんさい》を干していたサト姉、茣蓙《ござ》に座りヘラヘラと酒を飲んでいた父親、まだその酒がおとなしい頃の微笑んで酌《しやく》をしていた母親、山までやって来た台風に夜震えながら摑んだ父親の二の腕、その傍《かたわ》らで肩をさすってくれた母親の白い手、博多の駅に初めて降りた時目の中に飛び込んできた白美堂の主人のまぶしい皮靴、ノロイノロイとひやかされながら夜中に練習をした自転車が乗れたあの坂道の風……、嬉しかったの、あの時は……。

そうか、わしにも楽しいことはあったぞ、ヌイ。

ああ、あの夜ヌイに自転車の話をしてやればよかった。海水が耳に入った。背を伸ばして鯛のように口を尖《とが》らせた。波が静かになった。満潮か、満潮かも知れんと亀次は横目で堤防を見た。やっぱり駄目か。大潮の前夜はこんな水位ではなかった。どこか力が抜けて行った。

何かこんな目に会う、バチが当るようなことをわしはしたのだろうか。ヌイ。と名前を呼んだ。わしは悪いことをしたのだろうか。ヌイ。おまえのところに行くのか。行けるのか、わしに。

ヌイの顔が目の前に拡《ひろ》がると、それは一糸まとわぬ豊かなヌイの裸身に変わった。餅《もち》のように柔らかだったヌイの乳房の感触と亀次の身体の下で手首を必死で掴みながら悦びの顔をしたヌイの表情が重なった。

べっぴんじゃった。ぬくいお腹をしとったのう、ヌイは。

鮮明に浮ぶ温かい夜の姿とやさしいヌイの肢体の向うから、じっと亀次を見つめる白い衣服の女がいた。女は遠くからゆっくりと近づいてきた。女は泣いていた。女の両腕がなかった。

アイゴー、アイゴーと女は声を上げた。腕がないのではなくどこかを誰かに掴まえられているようだった。顔はぼやけていたが輪郭《りんかく》がはっきりして来ると、その女の顔は嫁娘の妙子だった。アイゴー、アイゴー、ヘイタイシャン、ああ、あの朝鮮の女だ。妙子はあの女に似ていたのか。亀次の耳の底から一発の銃声の音が通り抜けた。

連隊は移動を始めていた。兵の統制は崩れていた。戦争が終ったことを知らされた。それだけであとは何もわからなかった。荷役《にやく》の中国人がある古参兵を石で殺したと言う噂が流れたりしていた。

銃声が聞えたのは連隊の馬小屋の方角だった。連隊のほとんどは西へ移動をしていた。兵より大切に扱われた軍馬はもう一頭もそこにはいなかった。誰かのしぼりこむような声が聞えた。呻《うめ》き声のする方へ上川は三八銃《さんぱちじゅう》を手に近づいた。二人が馬小屋の奥で倒れていた。男の方は息絶えていた。乾いた馬糞《ばふん》に顔を埋めて耳元から夥《おびただ》しい血を流していた。安川と日本名を持つ朝鮮人の荷役の男だった。その隣りに女は腹と胸を撃たれて声を出していた。女は安川の娘だった。下半身を素裸にされて撃たれた辺りを両手で掻《か》き毟《むし》っていた。血がどくどくと股間に流れていた。アイゴー、アイゴー、ヘイタイシャン、アイゴー、女は知っている日本語を必死で話そうとした。

その女を上川はよく見かけた。朝鮮人慰安婦《いあんふ》に交じって河で洗濯をしていた姿を何度か見たことがあった。女達の洗濯風景を眺めることは上川にとって唯一の安らぎだった。女達の中にあってその女だけが若く特別だった。安川は連隊長直属の仕事をし中国語も日本語も話し、荷役とは名だけで戦闘の重要な役割をしているという噂だった。だから兵隊達も生娘《きむすめ》に見えるその女に手出しはしなかった。

上川は一度その女に夕暮の道で林檎《りんご》をもらったことがあった。女はおそらく安川の帰りを待っていたのだろう。上川はその林檎を兵舎の裏で、ひとりで食べた。甘酸っぱい匂いと、女の手の匂いがするような気がした。恋というものは知らなかったが、上川は嬉しかった。それから岸辺で逢うたびに、上川は女と目で挨拶を交わした。二人だけの秘密のようで、それが上川の唯一の自分らしい時間だった。

朝鮮人達は連隊の一陣が移動し始めた時めいめい後を追って出て行っていた。

ヘイタイシャン、ヘイタイシャン、アイゴー、アイゴー、女は両手を上川の方へもがくようにさしのべた。どうしていいのか上川にはわからなかった。とっさに上川は水筒を出し女の腕をとると口元に水を与えた。女は上川の手にすがり身体を寄せようとした。二の腕に女の乳房の弾力が震えながらあった。水はわずかしかなかった。女は空になった水筒にそれでも口を当てようとした。上川は井戸のある東側に走ろうとした。女が摑んだ上川の手首に女の爪が喰い込んで離れなかった。待ってろ、水を持ってきちゃる。アイゴー、アイゴー、ヘイタイシャン。

馬小屋を出ると上川を呼ぶ声が聞えた。北側から銃声が重なっていた。日本軍の銃声でないことは上川にもわかった。それでも上川は東の井戸の方角へ走った。

砲撃音がした。東側から部隊の兵が二人怒鳴りながら駆けてきた。上川は空の水筒をぶらさげて兵達と西へ走った。


そうか妙子はあの女に似ていたのか……土塀《どべい》の奥に隠していた過去が水にさらされてボソリと穴を開けて土くれを落とした。土を塗り込めて忘れ去ったものがポッカリと現われた。

そう言うことだったのか。バチが当ったんじゃの。帳尻の合せかい、永いこと時間をかけやがった。

亀次は妙子の鋭い目付きや笑った顔、しゃがんだ恰好の全てが納得できた。

それでもうすっかり空っぽの頭と身体が海水の中に沈んで行った。


どこを満潮と言うか定かではないが、この辺りでは満潮のきりに大きな力のある波が音を上げて寄せる。

亀次は海水の中で足元の岩がグラリとしたように思え、水の中でザーッと流される自分を感じた。そこからは全く別の世界で何やら手足が自由になったようで、バタバタともがきながら亀次の身体はトンと水面に飛び出した。岩場に泳ぎ着いてしゃがみこんで息を夢中ですると何のことはない生きている。階段まで戻ると足元の水の中でユラユラ動くものがある。懐中電灯である。竿もタモ網も階段の側に浮んで揺れている。流れているのはコマセのバケツだけであった。ほぼ、全員助かった。

濡れた毛糸帽を絞りながら亀次は先刻までいた岩場を見つめた。一枚岩は波の下で見えなかった。もう一人の亀次があの波の中に眠っている気がした。上着の中でチヌがバタッと動いた。亀次は赤児でもあやすようにポンポンと腹を叩いて、

えらい夜じゃったのう、おまえも。

と上着のボタンを外した。ひとつ外す度にチヌは身体を亀次の腹に預けた。両手でかかえると、亀次の息使いとチヌの息使いが同じ調子で妙だった。亀次はチヌをじっと見つめた。眼の玉に月が映っていた。チヌは眠っているように見えた。

こいつも夢を見るのだろうか。

満潮の波が激しい音を立てた。チヌは一瞬まばたきをした。両手の中でチヌは重くなって行った。黒い海が亀次の胸の中で厄介なあの夢と同じ色で拡《ひろ》がった。

月の下で、沖の漁火だけが、鮮やかにまたたいていた。

裏戸を開けて洗い場で着換えをしていると背後から妙子の声がした。

「あら、帰ってらしたんですか」

亀次はどきりとして振り向けなかった。

「大漁でしたん、お父さん」

亀次はがむしゃらに顔を洗い続けながら妙子が奥に去るのを待った。妙子は奥に行った。耳をそばだててゆっくりと振り向くと、ガラリと戸が開いてタオルを持った妙子が立っていた。亀次は濡れた顔のまま口を開けて妙子の顔をしばらく眺めた。

「なんですのん、何か顔に付いてます」

その顔はあの朝鮮の女とは似ても似つかないまるで違う顔で笑っていた。

「いや……何も付いてはおらん」

「嫌やわ、変ですよ、フフフッ。あら、随分と濡れて、雨でも降ったんですか」

亀次は黙っていた。妙子は三和土《たたき》の魚籃《びく》を覗いて、

「坊主でしたん、残念でしたねえ。あれ、これ何ですか」

と魚籃の中から芋を拾い上げるとケラケラと大声で笑い出した。亀次はもう一度その横顔を用心深く見つめた。芋を手にして奥へ入った妙子の笑い声はまだ続いていた。奥から慎一の声が聞えた。亀次は急に不機嫌になって、チェッと舌打ちをした。

天井を白い蜘蛛《くも》がゆっくりと横切っていた。首まで蒲団《ふとん》に入ると掛け布の糊《のり》の匂いが鼻をかゆくした。髪を撫でると中指の先がチクリッと痛んだ。寝返って寝床盆の水を飲んだ。コップを握るとまたチクッとした。スタンドの下までもそもそと這い上り、灯りの下で指の先をまじまじと見ると、小さなササクレが指の腹に赤くあった。指でつまんで絞り出そうとしたが上手《うま》く行かない。よいしょ、と蒲団を抜け出して小机の引き出しからマチ針を出してスタンドの下に座った。針の先でそろりとこねるとヒョンと白い石のような骨のような固まりが飛び出した。じいっと小さな固まりに目を寄せて、何だろうか、と考えたが思い当らなかった。岩場のフジツボか何かだろうか。あいつの歯だ……。

亀次は中指を口の中に入れるとぽっちゃりと舐《な》めた。

スタンドを消して蒲団に入った。天井の蜘蛛は失せていた。蒲団の中でもう一度中指を口の中に入れて舐めてみた。昔子供の頃こんなことをした気がした。

水澄《みずすまし》

一

夕暮れの仙台坂を上りながら、男は両足がひどく重いのに気づいた。

半日歩きづめではあったが、こんなふうに背中まで引っ張られるような疲れ方は、今までになかった。男は立ち止まって深呼吸をした。ちょうどその時、坂の上の信号機が黄色から赤に変わり、そのあかりが夕雲にまぎれて街路灯のように光った。急に夜が来るような気がした。男は鞄《かばん》を左の手に持ち替えて歩きだした。すると前方から男に向って黒い影が飛んできた。男は一瞬身を固くして、左肩を切るように通り過ぎた影を振り返った。

それは一羽の燕《つばめ》だった。

「ほう、燕がいるのか、こんな街にも」

男は呟いて、ぼんやりと燕の行手を眺めた。燕は電柱や自動車を器用にかわしながら二の橋の方へ消えて行った。自由で、無邪気に見える燕の姿は、空《から》っぽになってしまった男の胸の中に懐かしいような感情をこしらえた。男の口元がかすかに微笑んだ。しかし八月の雨を誘うような風が頬に当ると、男は汗臭い自分のシャツの匂いに鼻を曲げながら歩き出した。ひと雨きそうだった。傘を持っていなかった。いっきに坂を越えて広尾の駅まで行くつもりだった。だが歩き出した男の歩調は男の気持ちとは逆に、ひどくぎこちなかった。

男はセールスマンだった。

その日は朝から嫌なことが起こるような予感がしていた。もっともこの半年、朝目覚めた時に楽しいことがあるような予感がした日は一日もなかった。

明け方、男は妹の夢を見た。妹は黒い水着姿で海に入っていた。そうしてかたえくぼのできる頬と白い歯を見せて浜に腰かけている男を手招いた。

「兄ちゃん、兄ちゃんも入りなよ」

浜に座っている男は四十歳を越えているのに、妹の方は二十数年前に死んだ時の高校生のままだった。妹は夏に臨海学校の水泳の授業でかぶる赤いふち取りのある白の水泳帽をかぶっていた。男は妹の足元に寄せる波の荒さに気づいて、

「今日は、沖へは出ない方がいいよ」

と妹に声をかけた。

「臆病なんだから……」

と妹は笑っていた。そうして妹はくるりと背を向けて沖の方へ行ってしまった。男は立ち上って妹の姿を探したが、その海を泳いでいる人達は全員が白い水泳帽をかぶっていた。どの帽子が妹なのかと男は目をこらすのだが、白い水泳帽の群れはどんどん沖へ行ってしまう。男は波打ち際に駆け出して、妹の名前を呼んだ。そうして妹を呼ぶ自分の声で目覚めてしまった。

夢に妹が現われた日は、決って厄介《やっかい》なことが起こった。

その日、男は会社の同僚の紹介で麹町《こうじまち》の雑居ビルにある小さな会社を訪ねた。

「ああ、このコースね。ここは駄目だって、噂を聞いたよ。本当にできるの、このゴルフ場？　土地買収が終っていないって話だよ」

毛皮商をしているという社長が、パンフレットを見せた途端につまらなそうな顔を

して言った。男はゴルフ場の勧誘《かんゆう》のセールスマンをしていた。

「いえ、土地買収はとっくに終っています。でないと認可がおりませんから……。社長さん、ゴルフの方は随分となさっているようですね」

男は相手の片方だけ日に焼けた手の甲を見て言った。

「うん、まあね。俺のゴルフはブームの前だから、十五、六年前になるよ」

小太りの社長が自慢気に答えた。新設ゴルフ場の会員権の勧誘などという仕事は、ひと昔前と違って、たいがいの相手が半分疑って物件を見てかかる。男にはセールスマンに必要な巧みな話術がなかったし、人に憎めないように思わせる愛嬌のある顔をしていなかった。おまけに百八十センチを越える大きな身体をしていた。

「ですからその点は経営が○○商事で、あの湘南の××カントリーと同じ経営母体になっていますので安心です。交通の便も、都心から一時間半を見てもらえば充分ですし、この十二月には新しいインターチェンジが開設します。そうすると一時間でコースへ着ける計算になります。現在、いやこれから先、都心から一時間でゴルフのできるコースが、この金額でメンバーになれることはないと思います」

そう言いながら男は別刷りの紙に印刷された値段の記してある用紙を差し出した。

「えっ、もうこんなに高くなってんの。半年、いや三ヵ月前だよ。二百五十万円で誘いに来たのは……」

相手は目を丸くして金額を見ていた。

セールスマンの仕事はこれが二度目であった。

三年前に米国製の家庭用洗剤の訪問販売をしたことがあった。その時の経験で、男は自分のような大柄で無愛想な顔をした人間が、見ず知らずの相手に物を売るには、言葉を弄するよりもその品物の利点だけを淡々と話して行く方がいいと知っていた。

「ええ、ですからこのコースは人気がありまして、今はもう二次募集になっているんです。十二月にインターチェンジが開設するとたぶん一千万円を越すでしょう」

相手は急にパンフレットを見つめ返した。

「これが現会員の方への会報です」

ともう一枚のモノクロの、いかにも出来たばかりを思わせる会報を差し出した。

「あれ、もうプレーをしてんの」

「はい。これはすでに完成したインコースの10、11、12番の3ホールを試《ため》しに我が社の人間がプレーをした時の写真です」

「じゃあ、おたくも回ってみたの？」

「ええ、距離もたっぷりありましたし、フェアウェイの芝も一年余りねかして置きましたので、じゅうたんのようでした。第一期工事で、これまでにない工事をしましたのでコースも平坦《へいたん》で、丘陵コースのイメージがないくらいでした」

「丘陵コース？　山岳コースじゃないの」

「お持ちのパンフレットに各ホールの断面図と傾斜度がございます」

パンフレットをめくる相手に、

「社長、去年日本オープンをごらんになりましたか。あの日本オープンをした△△カントリークラブ、あのコースはご存知ですね。あのコースとコース傾斜度は変わりません」

「ああ、ジャンボの勝ったあのコースね。テレビで観てたよ」

相手は考え込むように、パンフレットをのぞき込んでいる。後は追っての話はしない。待っていればそれでいい。勿論、このコースに男は一度も足を運んだことはなかった。パンフレットを見つめていた相手が上目遣いに男を見返した。

「ところでさあ、この金額は表の値段なんだろう。ほら、セールスマンは皆自分の手持ちの枠《わく》がなん口かあるんでしょう」

上手《うま》く運びそうなタイプと思っていたが、案外とゴルフ会員権のことには詳しかった。

「……ええ、まあ、しかしそれは数口まとめて頂いた方とか、かなりのお客さんをご紹介いただいた方でないと」

「それで、紹介したとして、いくらなの」

「それはちょっと……、私が個人で持っている最後の一口ですから」

「あっそう、じゃあそれは一次募集の金額だね」


午後からその社長の紹介で新宿、笹塚と回った。二件とも無駄足で、最後に残った一件の麻布の喫茶店を訪ねた。

商店街の一角にある小さな喫茶店の主人は名刺を出して奥に入ろうとするなり、

「あんたさあ、素人を欺《だま》すような勧誘をしない方が、身のためだよ。そのコースは危ないんだよ。去年からずっと出回ってる物件なんだろう。こっちはさ、銀行から調べてもらって内容はわかってるんだ」

短髪の主人の強い口調に、店にいた客が一斉に男の方を見た。

「三、四人紹介したくらいで、三百万円も安くなるゴルフコースがあると思ってるの。それでそのコースがパンクしたら、あんた責任を取ってくれるの。この界隈《かいわい》では、いい加減な商売はさせないよ。帰んな……」

店を出て男は歩き出した。麹町の方も俺が断っといたからな、と主人の吐き捨てるような声が背後でした。

二

ポーン、ポーンと硬式テニスの軽やかな打球音が森陰から聞えていた。

男は公園のベンチに腰かけて、水銀灯の下で、チロチロと滴《しずく》を流す水飲み台を眺めていた。仙台坂を上ってから、あまりの足のけだるさに男はふらふらとこの公園に入った。

先刻の喫茶店の主人の顔が浮んだ。

『あんた、素人を欺すようなことをしない方が身のためだよ』

まったくだ。男はポケットからショートホープを出してゆっくりとくわえた。火を点けて、タバコの煙を足元に吐き出した。煙は男のくたびれた靴にかかってから、足元をさらう風に消えて行った。

——もうこの商売もここらで終りだな。まったく何をやってもうまく行かない人間だな、俺って奴は――。

男はため息をついて、タバコを捨てた。そうして明け方、妹の夢を見たことを思い出して、そら言わないことじゃない、何か厄介なことに出くわすと思った、と独りでうなずいた。腕時計を見た。会社に一日の報告を入れる時間がとうに過ぎていた。しかし電話をする気力もなかった。

リード、リード、バックとかん高い声が遠くで響いていた。男は皮鞄の中から、残っていたゴルフ場のパンフレットを出すと、それを袋からひとつひとつ取り出して小さな紙片に引き裂いて行った。その紙片をすっかりゴミ箱に捨て終ると、空になった鞄から印鑑と朱肉のケースを取り出して上着のポケットにしまいこんだ。鞄を振ると、手付け金を受け取った時に渡す領収書が音を立てた。いっそのことこの鞄も思い切って放り投げてやろうかと思った。しかしそうしたところで、今の男のやるせない気持ちが変わるものではなかった。

――いったい、いつから俺はこんなふうになってしまったんだろう……。

男は東京へ出て来てからの、二十年余りの時間を考えてみた。大学を中退して、田舎の先輩の紹介で生地《きじ》問屋に就職した。五年勤めたその会社を上司と諍《いさかい》をして退《や》めてしまった。その時、男は結婚をして子供がいた。会社を退めてから再就職をしたが、どこへ行ってもうまく行かなかった。酒を飲むようになった。ギャンブルに夢中になった。気がついた時は、妻は子供を連れて実家に戻り、男は独り暮しになってった。三十歳を過ぎてからは、一年毎に会社を替わった。ひどい時は一ヵ月とか二週間で退めてしまう時もあった。そうなると居心地の良い職場などあるはずがなかった。職種も段々に、その日暮しのような責任のない仕事になっていた。結婚をし、朝子供と妻に送られて自家用車で家を出た自分は、今は全く別の男に思えた。

――どの辺りで、こんなふうになってしまったのだろうか――。

考えても男にはわからなかった。男はうつむいたまま自分の手の平を見つめてみた。

「ちょっと、いいですか」

ふいに声がして見上げると、眼鏡をかけた同年輩くらいの男が黒いバッグを持って目の前に立っていた。

「ここ使っていいですか」

と男の座っていたベンチの片方を指さした。

「あっ、どうぞ」

眼鏡の男はベンチに座ると、バッグからユニホームを出して、着換え始めた。

男は先刻から聞えていたかん高い声のする方を覗いた。すると夏草のからまった金網の向うに、カクテル光線の下で野球をしている人達が見えた。

こんな都心の真ん中に野球場があるのかと驚いた。四方を金網で囲まれたグラウンドは夜間照明もあり、小さいなりにベンチ、スコアボード、外野には新緑の芝が光っていた。眼鏡の男はベンチのそばに立って、アンダーソックスを履き、スライディングパンツの紐をしめていた。

公園に一人、二人とユニホームを着た男達が集まってきた。ユニホームに下駄履きの者もいたし、髪の毛を染めている若者もいた。

「監督、渡部が遅れているんですよ」

眼鏡の男は、そのチームの監督をしているようだった。

「あいつまたか、電話は」

「ないんですよ。でもアザミのママに言《こと》づけはしときましたから」

眼鏡の男は舌打ちしながら、バッグの中からグローブを取り出した。グローブのオイルの匂いが、ぷうーんとした。男はその匂いが好きだった。なんとなく眼鏡の男が好ましく思えた。

「野球ですか」

「もう草、草野球ですよ」

眼鏡の男は笑いながら帽子をかぶって空を見上げ、

「降らなきゃいいんですけどねえ」

とグローブを叩いた。

三

二回表、ランナー二、三塁の場面で男はバッターボックスに立つことになった。

「おじさん、次だよ」

髪を赤く染めた次郎と呼ばれる若者に言われて、男はベンチの脇に並んだバットを手に取った。それは金属バットだった。男は金属バットを手にするのは初めてだった。男が野球をしていた頃は、まだ金属バットはなかった。スイングをしてみると重いように思った。それにバットの芯《しん》がどの辺りにあるのかわかりづらい気がした。男はそばにあった木製のバットを取った。スイングをした。

「へえ、おじさん、ぎっちょなんだ」

とベンチの中から、赤毛が物珍しいものでも見るように聞いた。

「ええ、まあ」

と男は答えて前のバッターが三振をして帰って来るのを見て歩き出した。

「コントロールないから、早打ちしないようにね」

と眼鏡の、監督の神山が男に声をかけた。

「は、はい」

男は自分の顔が熱くほてり出しているのに気づいて、大きく息を吐いた。バッターボックスに立つと、

「おっ、新顔だね」

とキャッチャーが言った。ピッチャーは若い、いかにも力投型のタイプで、一球投げるたびに声を出していた。一球目は真ん中に来た。思ったより速い球だった。二球目は外角高目のボール気味の球だった。ストライク・ツーと審判が手を上げた。

「少し高くないか」

と男は審判に言った。

「絶好球よ、バッター」

とキャッチャーがマスクの奥から白い歯を見せた。そうして大声で、

「もう一球、真ん中でオッケーだよこのバッター」

とピッチャーに言った。ピッチャーもうなずき返した。男は身体が固くなりそうで、バッターボックスを外《はず》して、ひと握りバットを短くもって軽く素振りをした。皮靴の足元が滑りそうだった。

ミート、ミートだぞ、と背後で味方の声がした。そうだミートだ、と男も呟いた。三球目も真ん中に入ってきた。男は強振した。鈍い音がして、男の打った球はサードの方へ小飛球となって飛んだ。サードがバックしようとした途端、足元をとられて足をもつらせた。男の打ったボールはサードの後方にポトンと落ちて、ファールグラウンドの方へ転がった。回れ、回れ、とサード・コーチャーと味方ベンチの声がした。男は夢中で一塁に向かって走った。雨が顔に当った。ファースト・コーチャーが腕をグルグルと回していた。男はファースト・ベースを蹴ってセカンドに向かった。その時左の靴が脱げそうになり、男は靴を引きずりながら走った。片方の靴が脱げたまま男はセカンド・ベースを見た。背後で、滑れ！　とコーチャーの声がした。男は頭から夢中になって飛び込んだ。しかし男の伸ばした手を二塁手のグローブがポンと叩いて、

「おじさん、甘いんだよ」

と若い二塁手は笑った。泥だらけになったユニホームをはらっていると、ベンチか

ら大きな拍手が聞えた。グローブを取りに戻ろうとしたら、赤毛の次郎が彼のグローブを持って笑って走って来た。

「ナイス、バッティング。やるじゃん、おじさん」

と男にグローブを投げて、ウィンクをした。男は恥しいような気持ちになって、ライトの守備位置に向かった。

「おじさん、靴持っていかないと」

と次郎が言った。


先刻、男はベンチで人数が足らなくなって顔をしかめていた眼鏡の男を見ていて、つい自分から声をかけてしまった。どうしてそんな大胆なことを言い出したのか、自分でも不思議だった。

ユニホームを渡されて、男は着換えながらたまに野球をしてみるのもいいだろう、と思った。半分はどうでもいい気分もあった。しかし、チームに加わって神山という男をじっと観察をしていて、うらやましいような気がした。髪を染めた若者や生意気な口をきく男が神山に文句を言いながらもひとつになってついて来ていた。野球の腕前は別として、全員がこの草野球にひたむきになっていた。たぶんいろんな職業の男達の集りなのだろうが、ユニホームを着てグラウンドに並んだ時、神山のチームには、男を除いて八人の連帯感のようなものがあった。神山は本当に野球が好きなように見えた。野球にそれほどの魅力があるとは、男は考えていなかった。しかし目の前でチームの一人一人に適切な指示をしたり、バッターに声援を送る神山の顔には、大人の男の真剣な表情があった。それが不思議だった。そういう野球を男はそれまで知らなかった。男がチームに加えてくれと申し出た時の、神山の眼には、彼の内側まで見てしまうような力があった。

四回の攻撃の時に、味方の投手がランナーに出ていて足をくじいてしまった。監督の神山が、次郎に投げろと言った。次郎は、俺、肩が抜けたままだもの、と首を横に振った。神山は、渡部はまだ来ないのか、あん畜生、と言ってにが虫を嚙みつぶしたような顔をした。神山はもう一人の若い選手に声をかけた。ストライク入んないからな、俺、とその若い選手も嫌な顔をした。神山はベンチの中を見回した。

「あの……」

と男が声を出すと、全員が男の顔を見た。

「その人が来るまで投げましょうか」

男はマウンドに立って、ミットを構える神山を見た時、こうしてマウンドに立つのは何年振りだろうと思った。男は皮靴を脱いでいた。投げてみると男の球は、彼が想像しているより山なりのボールになって、神山のミットに入って行った。それでもなんとかストライクは投げられるようだった。

四回裏に二点。これは相手の四番打者に打たれたホームランだった。その選手はなんでも少し前までプロにいたと、次郎は言っていた。五回裏は零点におさえた。味方が六回に集中打を放って、七対五で味方のチームが逆転をしていた。ベンチの中が活気づいていた。男は六回裏のマウンドに立つと、自分でも指先にボールが上手く引っかかり始めて、ボールも速くなった気がした。キャッチャーの神山が、カーブのサインを出しても、ちゃんと神山の構えるミットに球はブレーキがかかりながらおさまるようになっていた。ピッチャー・ゴロを返球したファーストの選手が男にナイス・ピッチングと笑って声をかけた。

四

男が育った町は、本州の西端の日本海沿いにある城下町だった。男が物ごころついた時には、父親はすでに家にはいなかった。子供は彼の下にひとつ違いの妹が一人いた。母と三人、母の実家で暮した。祖父が野球好きで、彼は子供の頃から祖父と九州の野球場へプロ野球を見学に出かけたりしていた。

祖父は父親代りのように幼い頃からキャッチボールの相手をしてくれた。自然に野球が好きになり、日が暮れるまで毎日野球をした。彼は同じ年齢の子供より恵まれた体格をしていた。投手としてめきめき腕を上げていった。中学に入ると一年生でいきなりエースに抜擢《ばってき》され、三年間負け知らずだった。野球好きの町でも話題の選手になっていた。周囲の人も将来はプロ野球選手になれるのではと噂をした。彼もそうなることを自分の夢とするようになっていた。

中学の卒業がせまった晩秋、町に、九州のプロ球団の監督とその娘婿であるスタープレーヤーがやって来た。当時、その球団は中学を卒業する有望な選手を二軍に入団させて定時制高校に通わせながら、新人の育成をしようとしていた。

日本でも一、二を争う名監督と怪童と呼ばれた強打者の訪問は町の人達には事件だった。町の人達はあらためて彼の才能を見直した。スカウトを伴って男の家を彼等は訪ねた。祖父はその球団と監督の大ファンだった。喜んでいた。しかし入団の申し入れは孫が野球を失敗した時のことを懸念して、せめて高校は卒業をさせたいと、その話を断った。

彼はどこの高校に進学するか迷った。甲子園に出場している県内や近県にある名門校の監督やOBが彼の家を訪ねて来て、勧誘をした。男も甲子園に出場して、晴れの舞台で活躍したいと思っていた。しかし母が一人息子が町を出てしまうことに賛成しなかった。

彼は地元の高校に入学をした。入学してすぐ主戦投手としてマウンドに立った。男はエースとして投げ続けた。県内でベスト・エイトまで行くのだが、そこからが勝てなかった。味方のエラーやワンヒットで負けることが多かった。それでも毎試合十個以上の三振を奪う彼のピッチングは高校選手の中では、きわだっていた。

彼は甲子園に行きたかった。夏の予選に敗れて、テレビ中継に映る球児の活躍を見るたびに、自分があのマウンドに立っていれば、きっともっと評価を受けるだろうと確信をしていた。それが口惜しくて仕方なかった。

最後の夏が来て、彼は甲子園を目指してマウンドで好投を続けた。その甲斐あって彼のチームは県の決勝戦まで勝ち進んだ。

決勝戦の彼の調子は絶好調だった。八回表の攻撃が終って、彼のチームは二対一でリードをしていた。残り二回を投げ切れば彼が夢にまで見た甲子園の出場がはたせた。先頭打者を三振に切ってとり、次の打者をピッチャーフライに打ちとった。ツーアウトの後、小柄な打者がサードゴロを打った。三塁手がそのゴロを後逸した。彼はマウンド上で三塁手を睨みつけた。そういうプレーはこの三年間に何度もあった。二死走者一塁、彼はセットポジションでの投球が苦手だった。その彼の弱点を知っている相手チームは一球目からスチールをしてきた。同点のランナーが二塁にいることで相手チームのベンチと応援団がわき上った。三番打者の打球が三遊間に飛んだ。つまった当りだったが、ランナーと三塁手が交錯して、三塁手はその球をハンブルした。ランナー一、三塁で、その試合の唯一の打点をたたき出していた四番打者がバッターボックスに立った。大きな身体をしたその打者は、甲子園でも活躍をして、マウンドに立つ彼と同様にプロのスカウト達に注目されている選手だった。むしろ彼以上の評価がその打者にはあった。しかし彼にはこの相手を打ち取る自信があった。

その時、ベンチから伝令が飛んできた。若い控えの二年生がマウンドに来ると、

「藤野さん、監督が敬遠をしろと言っています。満塁策をとって次の打者で勝負しろということです」

男はベンチを見た。監督はベンチの中で立ち上り右手でファーストの方角を指さしていた。ホームから捕手がやって来た。

「危険じゃない方を選ぼうよ。監督の言う通りだと思う」

と男の目を見て言った。

「俺のピッチングが、あいつに負けると思うのか？」

と男は捕手に強い口調で言った。

「いや、そう言ってるんじゃない。次の打者は今日これまで皆三振に取っているし、危険を避けるべきだろうと思うんだ」

捕手は男の表情にたじろぎながら言った。

「勝負をしたいと監督に言ってくれ」

と男は捕手に言った。捕手は黙ってベンチの方へ走った。男はもうベンチを見なかった。

チームは彼が完封をしなければ負けてしまうことが多かった。そんなチームしか作れなかった監督の力を彼はどこかで小馬鹿にしていた。しかしそれ以上に彼はスタンドにいるはずのプロのスカウトの目を気にしていた。対するバッターにそれだけの評価があるのなら、それ以上の力が彼にはあるところを見せつけてやりたかった。

彼は一球目を外角ぎりぎりにストレートを投げた。自分でも自信のある球だった。審判の手が素早く上ってストライクを宣言した。その時、一塁の走者がスチールをしていた。彼はワインドアップモーションで投げていた。二球目も同じ外角へストレートを投げた。ツー・ストライク。捕手がウエスト・ボールを要求した。彼はこのまま一気に勝負をつけたかった。実際、彼の投げる球はその日で一番と思えるほどよく伸びていた。その時、バッターが手を上げて打席を外した。そして次の打者の待つウェイティング・サークルに寄ってロージンバッグをもらっていた。

彼はプレイトから足を外して、自分がひどく汗をかいているのに気づいた。空を仰いだ。抜けるような青空だった。そうしてスタンドに目をやった。すべてのものが静止しているような不思議な感覚だった。バッターが戻ってきて構え直した。彼は左足を大きく上げて、インコースの低目に全身の力をこめて投げこんだ。バギンとバットの折れた音がした。彼は一瞬見失ったボールを探した。打球はフラッと舞い上って一塁手の頭上に向かっていた。捕れるぞ、と彼は口走った。小飛球を追う一塁手と二塁手がスローモーションのようにあえぎながら右翼ラインに進んだ。打球は一塁手のグローブを避けるように落下した。

その一球で彼は最後の甲子園へのチャンスを失なった。試合の後、彼は涙を流しているナインを無視して、アンダーシャツを着換えていた。

テレビで夏の甲子園の熱戦が放映される頃、何人かのスカウトが彼の家を訪ねて来た。前年に始まったドラフト会議に対して、彼等は指名をした後の入団の確約を申し出た。

その夏、彼は野球の練習を休んで遊んだ。祖父と野球を始めてから十年間余り、彼は自分が初めて野球をしない夏休みを経験した。

友人達と近くの海へ出かけた。彼は肩を冷やさないために海には入らず、もっぱら海岸で遊んだ。夜は友人の家に泊って、煙草を吸ったり酒を飲んだりもした。

ある夜、彼は友人に誘われて夜の別荘地を見て回った。見るというより、それはのぞき見であった。友人達と同様に、彼も若い肉体をもてあましていた。夜の海辺は何組もの男女が遊んでいた。彼は友人達とそんなアベックをひやかしながら歩いた。

一軒の別荘地から、陽気な女達の声がした。彼等はその家の庭に入り、そこで口笛を吹いて声をかけた。女達は宴会をしていたのか、彼等を家に招き入れた。この辺りでは見かけない女達だった。交わす会話も都会の話し方で、皆酔っているように見えた。彼はウイスキーを飲んでいるうちに、中の一人の女が彼に誘うような視線をしているのに気づいた。彼がトイレに立つと、女も立ち上って後からついてきた。そうして彼をじっと見て、あとで帰って来て欲しい、と耳打ちした。

彼が灯《あか》りの消えたその別荘に入ったのは、それから小一時間経った頃だった。女も彼に気づいて戸を開けた。家の奥で子供の声がしたように思った。彼は先刻、女達と酒を飲んだ部屋で女と重なり合った。女は彼の身体のいたるところに頬ずりをしたりキスをした。闇の中で、二人の荒い息使いだけが聞えた。

その時、部屋の灯りが点いた。彼は驚いて顔を上げた。ドアが開いて、そこに男が立っていた。大声で男が怒鳴った。女は、助けてと叫んでその男の後ろに逃げ込んだ。彼は訳が解らなかった。強盗よ、と女が男にヒステリックな声を出して言った。彼はとっさに自分の衣服を持って、男のいるドアの方へ突進した。男がむかってきた。彼は男を押し倒して表へ駆け出した。背後で何かが壊れるような音がしたが、彼は海岸を走り友人の家へ転がり込んだ。

彼の家に私服の警察官が来たのは、その数日後だった。事件は彼が考えていたよりはるかに大きな事件に発展した。

何よりも新聞が大きく報道をした。強盗傷害、彼が押し倒した男はテーブルに左の眼を打ちつけ失明寸前までの重傷をおっていた。その男はあの女の夫であった。

　甲子園で優勝した選手達の凱旋の写真と彼の事件が、明と暗のように大きく比較報道をされた。彼の高校の野球部は一年間の公式試合の出場停止を勧告された。彼に対する処分も通っていた高校を退学となった。悪い時には悪い事が重なるもので、たった一人の妹が交通事故で死んでしまった。妹は兄の事件で肩身の狭い思いをしていたろうに、一言も彼を責めるようなことを口にしなかった。病院で見た妹の顔は外傷もなく死んでいるようには思えなかった。

　彼の気持ちに追打ちをかけたのは、妹の自殺の噂だった。兄の所業を苦にして妹が自殺をしたという町の噂は、気丈な祖父の神経をも変えてしまった。祖父は寝込むことが多くなった。明るかった家が一度に暗く陰気に変わった。

　あれほど通ってきていたプロのスカウト達も、連絡もして来なくなっていた。彼は世間の彼に対する目の変わりようを見ながら、つい半年前まで町の英雄だった自分が、他人の話のように思えた。町を歩いていてもいつも向こうから声をかけてきた野球好きの床屋の主人や、八百屋のオヤジの彼を見る目に、大人の怖しさのようなものを感じた。

　隣り町の高校に入り、彼は逃げるように東京の大学へ行った。祖父の死の知らせがあったのは、彼が大学の二年生の夏だった。彼は大学を退学して、小さな生地問屋に就職をした。そしてその会社で出逢った女性と結婚をした。娘が生れ、彼は平凡に生きようとした。彼はあの事件以来、酒を慎むようにしていた。それでも小さな会社ながら五年勤めて係長になっていた彼は酒の席で上司とやり合ってしまった。別に暴力をふるうつもりではなかった。酒に酔った上司が彼にむかってくるのを避けているうちに、上司は怪我をしてしまった。彼の過去を知っているものがいなければよかったのだが、ひょんなことで彼を知っている人間が上司の友人にいた。

彼はその会社を退職した。酒を飲むようになった。再就職をしてもうまく行かなかった。妻に手を上げることが多くなった。帰らない日も目立ち始めて、気づいた時は独り暮しになっていた。

五

「ねえ、おじさん、野球やってたの？」

と赤毛の次郎が笑いながらベンチの中で話しかけてきた。

「ええ少しですが」

「少しじゃないんじゃない。甲子園か何か？」

「いいえ、甲子園なんかとても行けなかった、田舎の高校でやってたんですよ」

「ふうーん」

赤毛は考えるような顔をしてから、

「頑張ってよね。あと一回で俺達久し振りに勝てるんだから、あのチームにはここ二年間勝ってないんだもんな。プロくずれとか、甲子園出身とか引っ張って来ては、でっかい顔してんだよ、あのチームは」

苦々《にがにが》しい顔をする赤毛の話し方が可愛らしかった。

「大丈夫？」

と背中を監督の神山が叩いた。

「血が出てるじゃないか」

男の右足の親指の外側が切れて血が流れ出していた。ファーストの佐々木がバンドエイドを持って来た。

「大丈夫ですよ、本当に」

と男は身を引いた。

「いいんだよ、おじさん。ちょっと貸してみな」

と佐々木は強引に男の右足を取った。男はくすぐったいような気がした。

「どうもすみません」

「いいんだって、俺も勝ちたいからよ。大事なエースにこれっくらいはね」

と片目をつぶった。彼は野球をしていてこんな温か味を感じたのは初めてだった。

七回裏、最終回のマウンドに男は立った。男はマウンドに向かう時、このチームのためにこの試合を勝ちたいと思った。相手は下位から上位打線に回る。一球目を投げるとボールは神山のミットに音を立てておさまった。審判が右手を上げた。ナイスピッチングと彼の背後でセカンドの赤毛の声がした。それは赤毛だけでなくサードからも外野からも聞えた。その打者はサードフライでワンアウトになった。あとふたつ、と赤毛の声がした。雨は強くなっていたが、男には少しも気にならなかった。二人目の打者は初球をドラッグバントをした。バットの下に強く当った打球は、軟式ボール独特のバウンドをしてサード方向へ転がった。サードが追いついて一塁へ投げたが間に合わなかった。次の打者はツーストライクをとってから、しつこくファウルを続けた。男は根負けをして、その打者に四球を出した。次の打者は三振にしとめた。ツーアウトである。あとひとつ、とナインの声がした。次は左バッターで、前の打席でヒット性の当りを打たれていた。

男は慎重にアウトコースに投げた。しかしバッターは彼の球を上手くとらえて、マウンドに立つ彼の足元に打ち返した。あわててグローブを出したが打球は彼のグローブの土手に当って抜けて行った。赤毛がその打球をかろうじて止めていた。満塁である。次のバッターは前の打席でホームランを打たれたもとプロと赤毛が話していた選手だった。スイングをしている打者は、男が見ていても野球のレベルが違っていた。男は振り向いてグローブの中のボールをふいた。

「ピッチャー、頑張ってな」

と赤毛が片手を上げて、親指を突き立ててそれを地面の方に向けて、たいした打者じゃないよ、とサインを送った。そうだな、たいした打者ではない。俺にはあいつを打ちとる自信がある。俺があいつに負けるはずがない。と自分に言い聞かせた。

その時、男は急に足がすくんだように思えた。この状況は……、そうだ、二十数年前のあの夏の真昼と同じだと気づいた。すると今しがたまで気にならなかった雨や濡れたグラウンドからの冷気が男の足元から背筋に抜けて、ブルブルと身体が震えはじめた。男はバックスクリーンの方角を見つめたまま立ちつくしていた。

「どう肩の調子は？」

ふいに背後で声がした。肩を摑まれた。

「寒いから、早くやっつけてしまおうよ」

神山だった。マスクを外した神山は笑って男を見ていた。

「ねえ、このバッターは勝負はよそうや。二点リードをしてるんだもの。危険なことは避けよう。歩かせるからね」

神山はそう言って男の尻をポンと叩くと、内野、外野に向かって、

「今日はもらうぞ」

と大声で叫んだ。ナインの声がひときわ大きく返ってきた。

六

青紫色の菖蒲の花が風にそよいでいた。水銀灯の明りの下で、薄緑色の池の水面が揺れていた。さわさわと葉音が聞えた。

雨の上った有栖川《ありすがわ》公園の池の縁《ふち》に、男は腰をかけてぼんやり水面《みなも》を見つめていた。男のそばに、皮鞄と皮靴が揃えて置いてあった。男はこんな満ち足りた気分で、池の水を眺めているのは、たぶん生れて初めてのような気がした。東京に出て来てから、男はいつも何かを探すような振りをして、実は自分が何も見てはいなかったように思

えた。

右の足先に、先刻一塁手の貼《は》ってくれたバンドエイドが半分はがれかかってついていた。するとあの時ベンチで強引に男の足を持ったあの一塁手の手の感触が思いかえされた。くすぐったいような気がした。男は足先を、そっと水につけた。小さな波紋が、ゆっくりとひろがった。ぽちゃり、と池の真ん中で音がした。見ると池の中央から少し大きな波紋が立って、水に浮かぶ水銀灯の明りを揺らした。鯉か鮒でもいるのだろう。

その時、男の足先のすぐ脇の水面を小さな影がふたつ、みっつ走った。また雨かな、と男は空を見上げた。夜雲が切れて流れていた。星も見えていた。水に目を戻すと、細い波紋と小さな細い影が動いた。目高《めだか》にしては小さい。息を止めて見つめると、それは二匹、三匹と水面を遊ぶ水澄《みずすま》しだった。

燕といい、水澄しといい、今日は懐かしいものに出逢う一日だと思った。男は、水の上を器用に方向を変えながら動き回る水澄しを見ているうちに、妹の顔が浮んだ。その妹の顔は、今朝方夢で見た高校生の時の妹の顔ではなく、もっと妹が幼い時の横顔だった。彼女はおさげ髪を頰に垂らして、口をすぼめるようにしていた。小さなかたえくぼが見えた。

「ねえ、どうして水澄しは水の中に入らないの?」

たしかに妹は、あの時そう言った。あれは自分に質問をしたのだろうか。いや、そう質問したのは、幼い自分だったかも知れない。そうだ、あれは自分が母にたずねたのだ。お城の夏祭りの夜に、母と妹と三人で城跡の池のほとりに腰をかけていたのだ。妹の浴衣の朝顔から母の薄紫の着物の色までが男の眼に浮んだ。

「水澄しは水の中には入れないよ。水の中はコワイところだもの」

そう母は答えたのだ。その時の母の声の調子までが、耳の奥に鮮やかに聞えた。あの夜は、城の桜並木に提灯《ちょうちん》が無数に光っていた。三十数年前に、たった三人で顔を寄せ合って交わした言葉や、表情がふいに思い出されて男は嬉しかった。ささやかなことなのだろうが、あの池のほとりにいた自分も母も妹も、しあわせだったような気がした。

水澄しは水の中には入れないよ。水の中は怖いところだもの……、その言葉をもう一度呟いていると、危険なことは避けよう、と笑って言った神山の顔が浮んだ。

そうだな、危険なことは避けなくちゃあいけなかったんだ。子供にだってわかり切ったことが、自分にはわかっていなかったことを、男は雨のマウンドで言われたことに気づいた。野球につまずいてから、男はわざと危険な場所を選んで生きてきたように思った。

「そういうことか」

と言ってから、男は指で鼻をつまんだ。鼻の奥からツーンと、苦いものがおりてきた。男は身体を起こして、ポケットの靴下を探した。靴下がなかった。メモ書きが出てきた。そうだ、試合が終った後、みんなに今夜の試合の祝勝会に誘われたのだ。メモ書きに記された地図を見た。六本木なら歩いてもそう時間がかからないだろう。赤毛の次郎の顔が浮んだ。男は神山に少し野球の話を聞いてみたかった。鞄と靴を持って男は立ち上った。男は歩き出す前に、もう一度池を見つめた。水面に、虫の影はなかった。男は歩き出した。そうして自分に言い聞かせるように呟いた。

まず、靴下を買わなくては……。

春のうららの

一

表戸の開く音がした。

閉じた時の、柏手《かしわで》を打ったような乾いた音で、それが娘の美津子だと、さちえはわかった。また表戸が指一本か二本分、あいたままになっている。何度、注意をしても美津子の戸を締める癖は直らない。死んだ亭主の英二とそんなところまで似ている。

「かあさーん、ただいまー」

言葉の最後を調子を上げて伸ばす。それも一緒である。どたどたと廊下を歩いている。あと二週間後に、この娘が結婚式を上げると思うと、先がおもいやられる気がする。

さちえはくちなしの根に並べた卵の殻《から》を、もう一度横から見るようにしてから、その鉢を縁側に静かに置いた。

もうすぐ梅雨《つゆ》になる。梅雨の来る前に庭にある鉢の片付けごとをしておきたかった。

「暑いわ外は、やんなっちゃう」

そう言って居間に入って来た美津子を見て、さちえは手に持っていた肥料のビニール袋を落として、あっ、と思わず声を上げた。

「どう似合うでしょう。思い切ってやったらさっぱりしたわ」

障子《しょうじ》の前に立った美津子は、髪を男のように切っていた。さちえは一瞬、何が起こったのか、と思うほど娘の頭を見つめた。言葉が、出なかった。

「いつかやってやろうと思っていたんだ。カットした人も、似合うって喜んでたわ」

「…………」

「どう？　驚いた」

大きな目をくるりと動かして美津子は笑った。耳元の髪は刈り上げて青く見えるし、頭のてっぺんは針の山のように突っ立っている。さちえは小さくため息をついて、手元の畳に目をやった。顔を上げて美津子を見るのが怖《おそろ》しかった。どうしてこんなことをしたのかさちえにはわけがわからなかった。自分の娘だけは、雑誌やテレビで観る、怖しい髪型をしないと信じていた。

さちえは自分の指先が、かすかに震えているのがわかった。どうしたらいいのだろう。しかし着物に付いたシミを抜くのとはわけが違う。髪を切ったのだから。

美津子もさちえの想像以上の戸惑いを見て、

「幸男君にも電話で話したのよ。賛成してくれたし、さと子も一緒に切ったのよ。それに新婚旅行に行く場所が暑いところだし」

と言いわけがましいことを言った。さちえは目を閉じていた。

「怒んないでよ、かあさん。高島田もこの方が似合うんだから……」

美津子は母の様子に退散するように居間を出て行った。階段を上る美津子の足音を聞きながらさちえは目を開けて、美津子の立っていたあたりを見た。すると先刻見た娘の顔と針のような髪が浮んだ。さちえは信じ難いものを見たようで、今度は大きなため息をついた。心臓の動悸が早くなっていた。立ち上って台所に行くと、蛇口をひねって水を飲んだ。わけのわからない不安がひろがった。

夜になって、さちえは美津子と食事を摂《と》った。食事の間もなるたけ娘の顔を見ないようにした。

「ねえ、かあさん。新婚旅行の予定なんだけど、もう四日間ほどのばしていいかしら、オーストラリアに回って行きたいの、幸男君もその方がいいだろうって言うの」

さちえは昼間起こった動悸がまだおさまっていなかった。今夜はなるたけ早く美津子と別々になりたかった。

「ねえ聞いてるの、私の話？」

「…………」

さちえは下を向いたままうなずいた。

動悸が止まらなかったのは、美津子の髪が死んだ姉の髪型に似ているのに気付いたからだった。四十五年も前のことだが、大連《だいれん》に住んでいたさちえと姉の美与《みよ》は敗戦の日から日本へ帰るまでさまざまなことを見ていた。ロシアの兵隊が来るというので、年頃の娘は皆丸坊主にされて、男物の衣服を着せられた。それでも彼等は娘を見つけ出してもて遊んだ。姉は泣きながら髪を切られていた。その顔と髪が襖の前に立っていた美津子と重なったのだ。

「それでさあ、そうなると旅行の費用が増えるのよ。かあさん、それでも大丈夫？」

旅行の費用と言われて、さちえは動かしていた箸が止まった。

近頃は、結婚式の費用から新婚旅行まで新郎側、新婦側で等分に割って行くらしい。それは別に構わない。夫が一人娘のためにと残しておいた貯金もあるし、宮沢幸男の家の方から支度金も充分頂いていた。

『美津子の結婚式だけは他所様《よそさま》に、恥しくないもんにしてやるから』

と夫は口癖のように言っていた。自分達が簡単な式しか挙げられなかった分、夫も美津子には、立派な結婚式をさせてやりたい、と思っていた。しかしさちえには、新婚旅行に百万円以上の金がかかることが信じられなかった。本当ならそのお金を二人のこれから始める暮しに役立てるべきだろう、とさちえは考えるのだ。英二が生きていたら、さちえと同じ意見だと思う。娘のために金を使うのが惜しいんじゃない、もう少し別の使いようが新婚家庭にはあるはずだ。それが二人の家を買う費用なら、さちえは本通りの店を手放してもいいと思うのだ。

「それは一生に一度の旅行だから、あんたの気持ちもわかるけど、かあさん今でも少しお金がかかり過ぎるように思うの……」

さちえは冷静を装いながら言った。

「駄目か……。今夜はちょっと不機嫌だし、作戦の立直しだな」

美津子にはさちえの真意が少しもわかっていない。二人はそのまま食事を続けた。美津子が会社での話をしているのだけど、さちえには耳に入らなかった。

　風呂に入っている美津子が歌を歌っている。自分の娘ながら明るい気質《たち》の子だと思う。器量もまあ十人並みだし、身体も小さい時分からこれといった病気もしていない。まあ世間並みの娘ではあるだろう。日本橋の保険会社に勤めて、会社の二つ年上の宮沢とつき合い始め、これも順調に交際が続いて結婚となった。おととしの冬、夫の英二が狭心症で亡くなった時も美津子は自分に気を遣って、会社には休養届けを出して助けてくれた。気持ちのやさしい子である。しかしどうも世間がわかっていないような気がする。だいいちあの髪にして外を歩く神経がわからない。それに結婚式の当日、向う様の親戚が見たら何と思うか、考えただけで気が重くなる。綺麗な髪をしていたのに……、あんなによく手入れをしていたのに……、さちえはレース編の手を止めて、眼鏡を外してテーブルに置いた。歌がやんでいるところをみると美津子は風呂を上ったらしい。

　やはり髪のことと旅行のことは今後注意をしておいた方がいいような気がした。さて何から話したらいいか、話す順序をさちえは整理しはじめた。遠くを見るのでもなく、さちえは庭を見た。カーテンを引かなくては、と立ち上って縁側に寄ると、居間からの灯《あか》りに昼間のくちなしの鉢が目に止まった。南天《なんてん》やおもとの鉢に比べて、くちなしは花が咲いてる分だけ可愛らしく見えた。

くちなしの花を眺めながら、さちえは以前こんなふうにして、この花を見ていた気がした。

二

くちなしの花が咲いていた。

古い生垣《いけがき》の間から、白い花が顔をのぞかせていた。

「あら、こんなとこにいつのまに……」

さちえは石畳の坂の途中に立ちどまって、膝の高さくらいから子供のように外をのぞいている六弁の花を見つめた。身をかがめて、くちなしに近づくと、かすかに甘い匂いがした。さちえは雪のように白い花びらを見つめながら、つやのある濃い緑の葉を指でそうっとさわった。その拍子に小さな木は少し揺れて、花がお辞儀をしたように思えた。さちえはそれを見て小さく微笑んだ。

カタカタと坂の上の方から下駄音がした。見上げると、組合での舞いの稽古を終えた若い芸妓《げいこ》たちが、さちえと同じように湯道具をかかえて降りて来た。

いけない、こんなところで道くさをしていたら、また女将《おかみ》さんにどやされてしまう。さちえは立ち上って、坂道を走り出した。

「そうよね、おねえさんがそう言うもんだから、そうしたのよ。そうしたら急にお師匠さんが怒り出したんだもの」

まだ半玉らしい朱色の着物を着た若い子がよく通る声で言った。その声に少し年上の子たちが笑い声を上げた。その年上の芸妓たちは、たぶんさちえと同い年くらいだろう。

さちえは芸妓たちが通り過ぎるのを坂道の途中で止まって待った。狭い神楽坂《かぐらざか》の路地を芸妓達は器用に一列になって、さちえとすれ違った。さちえは路地を抜けて本通りに出ると毘沙門天《びしやもんてん》の手前で筑土八幡《つくどはちまん》へむかって右に折れ、軽子坂《かるこざか》を左に上って行った。すると外堀へ抜ける風がさちえの袖口《そでぐち》を鳴らした。

「おい、さっちゃん、何をそんなに急いでるんだ」

茶屋の前で水をまいていた顔見知りの老人が声をかけた。さちえは老人に会釈をし、仙竹《せんちく》の表を通り越して角を曲り、裏木戸に飛込んだ。

さちえ、さちえー、と尾を引くような声で女将のきぬが自分を呼んでいた。はあーい、とさちえは庭先から大声で返事をして、裏廊下に上った。

「どうしたんだえ、もうお膳の準備をしないと、また親方のかみなりが落ちるだろう」

きぬはさちえを見てそう言うと、忙しそうに帳場の方へ引き返した。

「さちえさん、すみません。風呂へ行くのが遅くなったと私が女将さんに言えばよかったんですが……」

この春来たばかりの勢津子が申し訳なさそうな声を出した。

「いいのよ、せっちゃんが悪いんじゃなくてよ。みちくさをしていた私がいけないの」

さちえは自分の部屋に戻ると、髪を手早くまとめて帳場へ行った。桔梗《ききょう》――十一人、紅葉《もみじ》――六人、と帳場の黒板に記してある宴会の人数を確認して板場に入った。

「おい、遅いぞ。配膳がすんでないのか。人数は変わりないのか」

と板場から英二が少し怒ったような声で言った。

「人数は変わりありません。桔梗が十一人で、紅葉が六人です。すぐにかかりますので」

と大声で答えた。奥では店の親方が、黙って夏ふぐの仕度をしていた。親方のすぐ傍《かたわ》らにすでに切り終えたふぐの刺身が大皿で何皿も重ねて置いてある。

　仙竹は神楽坂では、戦前からふぐが自慢の料理屋で宴会場は少なく、五つばかりの離れを廊下でつないで、庭師が丹精した池をめぐらせた中庭があり、上客の多い店だった。主人の石丸重造は下関の出身で、みずから庖丁をとる職人だった。

　その夜はひと回り目の客で終ったと思ったら、ふた回り目の客が珍しく入った。その膳の支度にさちえは紅葉の間《ま》に向った時、桔梗の間から英二が出て来た。英二とさちえはその年の正月、結婚をしたばかりだった。ふぐの時期が終った春先、二人は市谷仲之町に小さな部屋を借りて暮し始めていた。しかしお店が忙しい時は、二人とも仙竹に泊り込む日が多かった。ここ二日間、二人は仙竹に泊っていた。

「おい、今夜は帰れそうだな」

　と英二は真黒い顔に目の玉をむいて言い、白い歯を見せてニヤリと笑った。さちえは英二の笑い顔が好きだった。初めて英二が千葉の銚子から、この仙竹にやって来た時も同じ年ぐらいの若い衆の中でも、英二だけが愛嬌があるように感じた。しかし初対面の印象とは違って英二は無口な若者だった。

　重造が仕事に厳しい分だけ、板場の修業をしている男達はよく蔭で愚痴をこぼした。しかし英二が親方のことでも、先輩のことでも悪く言ったのを聞いたことがなかった。冬の朝、店の裏手でふぐの木箱から何匹ものふぐを取り出して、下ごしらえしている時も英二は黙々と仕事を続けていた。

さちえが英二に好意を持ったのは、自分と同じように戦争で身寄りがなくなったことを女将さんから聞いたせいもあった。

十五の春から山口の田舎を出て、ずっと仙竹で住込んで働いて来たさちえは十九歳になって同じように住込みで修業に来た英二の決心のようなものがわかる気がした。親の言いつけで修業に来たものや職人になりたくて働いているのではないような若い衆と英二はどこか違っていた。

だから二十歳になった節分の日、若宮神社の豆を拾いに行った帰り、いきなり英二に、

「一緒になってくれないか」

と打ち明けられても、さちえの心のどこかにこんな人とならと思う気持ちがあったのか、嬉しかった。それから時々、休日の日に浅草へ二人して出かけたりした。休みの日とてさちえは女将のきぬに言われて針仕事や店のこまごまとしたことを手伝わされることが多かった。それは英二も同じで、重造が日本橋や本所へ、掛け軸や器を買いに行く時なぞは決ってお伴をさせられた。

二年経《た》って、英二がさちえのことを重造ときぬに話した時、二人とも少しは驚いた顔をしたが、承知をしてくれた。式は赤城神社で正月の二日に、英二の親戚という叔母が一人加わって簡単に済ませた。仙竹に戻って小さな席を用意してもらった。がその夜はもう二人とも店へ出て働いた。その頃、英二は板場をまかせてもらえるほど、腕を上げていた。

ふた回り目の客が引けると、英二がさちえを呼んだ。

「どうしたの英二さん？」

「親方にさっき、明日から二日間休みを取っていいと言われたんだ」

「へえー、珍しいね」

「おまえも一緒に休んでいいってことだ」

「えっ、本当。用なしになったのかな私達？」

「馬鹿言ってんじゃない。たまにはどこかへ遊びに行ってこいって」

「本当に？」

「本当だよ。そんなことおまえにうそをついて何になるんだ」

「だって英二さん、嬉しがらしといて舌を出すから」

そうさちえが言うと、英二は舌をペロリと出して目をむいた。

しかしいざ休むとなると、英二は若い衆の仕入れ仕込みの言い渡しが大変だった。何やかやとやってるうちに、夜の十二時になってしまった。二人は仲之町のアパートに戻ると、どこか気が抜けたような顔をして座り込んだ。

「英二さん、明日どうしようか」

とさちえは聞いた。英二は天井を見ながら、

「そうだな、浅草で映画でも見るか？」

と唇を突き立てた。

「いや、それも考えがないな」

とまた腕組みをした。さちえはその恰好が親方の重造に似ていて、おかしかった。

「そうだ。温泉にでも行こう。一泊どこかいい湯宿に泊って遊んでこよう」

英二は目を輝かせてさちえを見た。さちえも温泉と聞いて、どこか心がはなやぐような気がした。

「熱海《あたみ》がいいかな、俺は二年前に親方を迎えに熱海に行ったことがある。ありゃあいいとこだ、うん。でなけりゃ修善寺もいいな」

さちえは英二の口から出る地名が普段女将さんやお客さんから聞く地名と重なって、そこがひどく楽しい場所に思えた。英二と旅に行くなぞとさちえは考えたことも

なかった。そうなると、二人とも眠れなかった。四時近くまで話をして、結局そのまま支度をして東京駅に行くことにした。

東海道線の始発列車がガタンと音を立てて動き出した時、さちえは夢を見ているような気分だった。

品川の海が見えて、川崎、鶴見を抜けて汽車が横浜の駅に停車すると、弁当売りが大声を上げて窓を覗《のぞ》いた。

「腹が空いたな、弁当でも食べようか」

と英二が言った。そう言われればさちえもお腹がへこむような気がした。英二が窓から顔を出して売り子を呼んだ。

「生れて初めてだよ私」

膝の上に弁当を置いてさちえが言った。

「何が初めてなんだ？」

「駅の弁当を食べるの」

とさちえは子供のように嬉しそうな顔をした。

「美味《おい》しいね」

　とさちえは言った。

「なかなかのもんだな」

　と英二が答えた。

「でも英二さんの料理にはかなわないよ」

「なんだ急におせじを言って」

「おせじじゃないよ。私本当にそう思うもの」

　とさちえは真剣な眼をして英二を見た。英二は人を真直ぐ見る時のさちえの眼が好きだった。それでもふと庭をぼんやり見ているさちえの顔に、ほうっておけないような淋しさを見つける時があった。そんな時決ってさちえは右の手を彼女の首に当てている。さちえは右の耳下から首、胸にかけて大きな火傷《やけど》の跡があった。それを隠すようにする仕種《しぐさ》がさちえには身についていた。身をかがめて頬に右手を当てて築山を眺めているさちえの横顔は、どこか淋しさがあるように英二には見えるのだ。

　列車が大船を過ぎたあたりから、英二は眠りはじめた。交替で少し休むか、と英二が言ったが、さちえは眠れそうになかった。

　さちえは英二の寝顔をそっと見つめた。疲れていたのだろう、英二は首を縮めて寝ていた。いつも英二の顔には少年のような表情があった。さちえは窓の外を見た。さちえは自分が今しあわせだと思った。窓に急に明るい日差しが当った。外を見ると列車は大きな川を渡ろうとしていた。鉄橋に入り、列車は光と影を交差させながら、汽笛を鳴らして渡り出した。窓にさちえは自分の顔が映っているのを見ていた。浮んでは消え、消えては浮んだ。すると急にさちえは不安になり始めた。いつの頃からかわからないが、さちえは自分が人並みにしあわせになれるはずがないと信じ込むようになっていた。だから、楽しいことがある時は決して必要以上に喜んではならない、と思っていた。このしあわせはきっとうそで、あとからひどく哀しいことが自分には待っているように思えるのだ。それは隣りに眠っている太い二の腕をした英二だって逆《さか》らえない、運命のようなもののような気がした。

大連で両親と別れて親戚の人に連れられた時から、たった一人の美与《みよ》姉さんとも別れてしまったあの港町から、さちえは自分が行き着く場所は、暗い怖しい場所のような気がずっとしていた。仙竹の女将さんに可愛がられれば可愛がられるほど、さちえは不安になる時があった。しかし英二と居る時には、不思議とそんな感情が起こらなかった。それが今こんなに楽しい時に、ふと湧いて来たのがさちえは嫌だった。

そんな気持ちになった時、さちえは自分の右頬が焼けたように熱くなる。目がしら

ている。

だけど、さちえはその時本当は自分は半分泣いているのだと思う。涙が出ないで泣いてはいけないんだよ、と美与姉さんに言われた。だから涙をこらえることはできるのも熱くなるのだが、泣くことだけはしなかった。そうしなければいけないんだ、泣い

さちえは夢で美与姉さんを見たような気がした。名前を呼ぼうとした時、

「おい、もうすぐ着くぞ」

と英二に膝を叩かれて目覚めた。いつの間にか眠っていた。列車は山間《やまあい》から海の見える熱海の駅に着いた。

熱海駅を降りて、二人は駅舎の隣りにある案内所で宿を探した。案内所は営業を始めたばかりらしく、眼鏡をかけた男が英二とさちえを品定めをするように上から下まで見つめて欠伸《あくび》をしながら、

「熱海の旅館は皆料金が高いよ」

と言った。少しのお金を用意してきていたものの、面と向ってそう言われるとさちえは心配になった。

「なるたけ安いところで、お湯がいいところがいいんです」

とさちえは言った。男は鼻で笑うようにして、宿泊予定日などを記した小紙と地図

を二人に渡した。

「あとで電話をしておくから」

と男は、また欠伸をした。

「失礼な野郎だ」

と英二が吐き捨てるように言った。さちえも同じ気持ちだった。渡された地図を見て歩いて行くと、宿は以前英二が親方を迎えに行った海側の町ではなく、駅裏を回って少し山を登った坂の途中にあった。旅館というより寄り合い所というほうが似合う建物だった。

玄関に立つと、脱ぎ捨てた下駄が三和土《たたき》に転がっていた。老婆に案内をされて角部屋に入った。四畳半ばかりの部屋で窓は閉め切ったままで、少し埃《ほこり》の匂いまでした。

英二はその部屋を見た途端に、頭に血が上った。若いと思ってなめやがって、別におかしな身なりをしている訳ではない。

「すみません、もう少し広い部屋はありませんか」

と英二は老婆に聞いた。あっ、そうかね、と老婆は言って、暗い廊下を歩いて別の部屋に案内した。そこは床の間にバケツが置いてあった。窓から薄明りが入っている分だけ、変色した畳とカビ臭い壁がよく目立った。英二は目の玉を大きく開いて肩で息をしていた。それは英二が怒っている時にする仕種だった。

「私はここでいいよ。でも英二さんが嫌ならよしていいよ」

とさちえは英二に笑いながら言った。英二は答えないで、

「おばさん、いいよ。他をあたるからかんべんしてな」

と言って荷物をかかえた。駅にむかう途中の道で、英二は怒ったように前だけを見て歩いていた。そうして案内所に入った。さちえはあわてて英二の後ろに従《つ》いて行った。案内所の男は先刻の男と違っていた。

二人は熱海から列車に乗って三島駅で降りて私鉄に乗換えた。

「まだ怒ってんの？」

さちえは英二の顔をのぞきこむように言った。英二は黙って外を見ていた。列車は狩野川に沿いながら、伊豆長岡駅に着いた。三島の案内で宿を聞いたら、今はシーズンだからむしろ手前の大仁《おおひと》か長岡の方がいいだろうと言ってくれた。

「さあ降りるよ、英二さん」

二人は駅を降りて、千歳橋を渡って長岡の温泉街へ入った。

「ねえ、蜜柑《みかん》の匂いがするね」

さちえは英二の機嫌がなおるのを待っていた。英二も歩いているうちに、楽しいは

ずの旅を自分がへそを曲げてもしようがないな、と思った。古い旅館の並ぶ通りの角に小さな煙草屋があった。英二はそこで煙草を買った。

「新婚旅行かね」

と煙草屋の奥から老婆が言った。二人とも顔を見合せて思わず笑った。

「そんなものだよ。宿を探してるんだけど、ありませんかね」

英二の口のきき方は熱海の時と違っていた。

「今時分はまだ客が引ける頃だから、どうかね。宿を探しているなら探しといてあげよう。少しこの辺りを見物してから戻って来るといいよ」

老婆は表に出て来て、英二とさちえの二人を見て、ニコニコとうなずいていた。二人は煙草屋に荷物を預けて、老婆の言ったロープウェイの乗り場まで歩いた。途中、源氏山公園の先に毘沙門天をさちえが見つけた。

「神楽坂と同じだよ」

とさちえは嬉しそうに言った。そうして毘沙門天の前でさちえは手を合せて祈っていた。

ロープウェイは二人の他に、老夫婦と若い男が乗り込んでいた。

ロープウェイが動き出すと、さちえは窓に頰を寄せて葛城山の頂きを見つめていた。やがて木々の間から伊豆の山並みが見え始め、段々になった蜜柑畑を過ぎるあたりから眼下に三津浜《みとはま》と内浦湾が拡がった。そうするうちに七月の日差しを大海原に輝かせた駿河湾が、青い水平線を球型に形作ってあらわれた。

「わあ、綺麗だね、英二さん」

さちえは子供のように鼻を窓ガラスにつけて新緑の山景と青い海原を見つめている。光りの中で、さちえの右頬が白く透《す》き通って見えた。その横顔を眺めていて英二は旅に来てよかったと思った。山頂に着いて、二人は雑木林を抜け、桜並木を歩いた。細い山道の両脇に白い花をつけた山花が咲いていた。

昼を過ぎて二人は煙草屋に戻った。老婆は済まなそうな顔をして、自分の知っている旅館はどこも駄目だったと言った。英二もさちえもどうしたらいいのか、途方に暮れた。

「どうだろう。日もまだ高いから修善寺まで出てバスで天城《あまぎ》を越えて下田の港に行ってみたら、下田なら宿も多いから……」

バスは杉、檜《ひのき》が空をつくようにそびえる峠道を、右に左に乗客の身体を揺らしながら天城を越えて行った。

英二もさちえも笑っていた。二人の目の前に、湯ケ島で乗り込んで来た若い女学校の娘達が四人並んで座っていた。

「ねえ、歌いましょうよ」

と女の子の一人が言い出して、バスの中に娘達のコーラスが流れはじめた。山道が日陰に入ると娘達は緑色の陰の中に染まり、空の抜けた崖道にかかると、青い光りの中で天使のように輝いていた。よほど仲の良い娘達なのか、彼女達の足元に置いたリュックサックはどれも同じ赤いリボンがつけてあった。娘達は次から次に、美しいコーラスを続けた。

歌いながら笑い、笑っては歌っていた。それに連れて足元のリュックサックから顔を出している桃色や黄色の花が揺れていた。

英二はまるで自分が映画の中の一場面にいるような気がした。ふとさちえを見ると、さちえは彼女達の歌に合せて調子を取るように小首をかしげていた。

「何か歌いませんか」

と娘の一人がさちえに言った。さちえは恥しそうに頬を赤くして首を振った。

「好きな歌はあるでしょう」

そう言われてさちえは英二の顔を見た。英二が笑っていると、

「隅田川」

とさちえは、はっきりとした声で言った。

「いいわ、隅田川歌いましょう」

バスの中に、春が来たような清らかなコーラスが始まった。英二は目を閉じてその歌声を聞いていた。正面から聞える四人の声にまじって、かすかに左手からさちえの声が聞えた。

――春のうららの隅田川、上り下りの舟人が、櫂《かい》のしずくも――

この歌をさちえはアパートでよく歌っていた。そのさちえの歌声を聞いているだけで、英二は心がなごんだ。さちえが歌う以前にも英二はこの歌を誰かが歌っていたのを聞いていた気がする。しかしそれがどこで誰が歌っていたのか思い出せない。メロディーを聞いているとなぜか懐かしい気がするのだ。


バスが下り道を降り始める頃には、窓に差し込む日差しも、柔らかい赤味を帯びた光りになっていた。民家がちらほら見えると小さな丘をバスはぐるりと回った。すると前方に傾きかけた夕陽に海を黄金色に染めた相模灘《さがみなだ》があらわれた。下田港であった。

下田港に着いてから、英二は何軒かの旅館を回った。港はもう夕暮れになってい
た。どの旅館も空いていなかった。英二はバスの停留所に待たせたさちえを気にかけ
ながら、宿を走り回った。

英二は半分あきらめて停留所に戻った。さちえは停留所のベンチに一人で腰を掛け
ていた。英二の姿を見つけると、

「あっ、英二さん、おいてきぼりなのかと思って、私心配しちゃった」

とさちえはゆがんだような作り笑いをして言った。

「どうしてこう、どの町も宿がないんだ」

と英二は強い口調で言った。

「さっきバスの案内で聞いたんだけど、伊東ならどうにかなるかも知れないって」

「もうたくさんだ。皆して俺達を馬鹿にしやがって、よしもうひとっ走り行って、な
んとか宿を見つけて来るから、ここでしばらく待っていな」

とまた英二は走り出した。さちえはその後背に向かって、

「英二さん、あと三十分で伊東へ行く最後のバスが出てしまうから、三十分で必ず帰
って来てよ」

と声を出した。わかってるよ、きっと見つけて来てやるから……、と英二は夕闇の中に消えて行った。

ポツンと裸電球の点った停留所に、さちえはひとりでとり残されると、冷たくなった潮風がさちえの足元をさらって、急に身体が寒くなるのを感じた。遥か彼方に灯台の灯りが点滅していた。背筋がひんやりとして両方の肩が小さく震え出していた。

待っていると、必ずさちえはとり残された。大連の町を出て、親戚の家へ姉と二人で行く時も、いいかい迎えに行くから、と両親は言った。船に乗ろうとする人達でごった返していたあの港町でも、姉はすぐに戻って来るからと言った。さちえにやさしくしてくれた人は皆約束をして戻って来なかった。

バスが停留所に着いた。

「お客さん、伊東行きの最終ですよ」

と男の車掌が声をかけた。

「すみません。うちの人が今そこまで用を足しに行っているんです。すぐに戻って来ますから少し待って下さいませんか」

さちえは両手を合せて車掌に言った。車掌は腕時計を見て、うなずいてバスの中に戻った。運転手が車のエンジンを切った。さちえは停留所から出て、英二の走って行った方角の道を歩いた。細い下り坂が闇の中へ続いていた。その闇を目をこらして眺めているうちに、さちえは英二がここへ戻って来ないような気がした。やっぱり自分はとり残されてしまったのだ。英二と結婚をして、人並みのしあわせを得ることができたと考えた自分が間違っていたのだ。私は小さい頃からずっとこうだったんだ。潮騒《しおさい》の音なのか、背後を流れる川のせせらぎなのか、水の流れる不気味な響きがさちえの小さな身体をおおって押し流そうとしていた。さちえは自分が立っている場所が、どこなのかもわからなくなるほど、身がすくんで行った。やっぱり英二さんは行ってしまったのだ。あんなに楽しい時間が、私にやって来ることが変だったのだろう。

「お客さん、もう出発するよ」

車掌は坂道の上で立ちつくしているさちえの背中に声をかけた。

「すみません、もうすぐ戻って来ますから」

とさちえは言いたいのだが、唇が、喉が乾いて言葉にならなかった。

もう私はやって行けない。これ以上、人を待つのなら、ここで私自身がいなくなってしまった方がましだ。

バスのエンジン音がした。車掌の声が遠くに聞えた。泣いてはいけないんだよ、と姉の声がした。ずっとそうして生きて来たのに、もうこれ以上はやって行けない、とさちえは呟いた。

その時、待てえ、待ってくれえー、と耳の奥で英二の声が聞えた。さちえはかすかに聞えた声を両方の目を見開いて探した。坂道の下の方から小さな人影が見えた。待ってくれー、待ってくれー、さちえの視界に人影は段々と大きくなって、見覚えのある広い肩幅の英二が手を振りながらやって来た。その顔が、息を切らせながら食いしばっている歯が見えた途端に、さちえの目から大粒の涙が溢れ出した。

伊東の駅に着いて、二人は列車で熱海へ行った。熱海に着いて二人とも顔を見合せ、今朝方入った案内所を見た。案内所はすでに営業を終えていた。列車の時刻表を見ると、まもなく東京行の東海道線の最終列車が着くところだった。二人はその列車に乗って東京へ戻った。

神楽坂の坂を上りながら英二が言った。

「なんだか変な旅行だったなあ」

さちえはうつむいたまま首を横に振って、

「そんなことないよ。とっても楽しかったよ、私は」
とはっきりした口調で言った。二人は神楽坂の頂上まで来ると、風の下る外堀通りを振り返った。英二は坂上から見るこの街の風景が好きだった。いろんなことがあった一日だと思った。泣きながら英二の腕に飛込んで来たさちえを見たのは初めてだった。よっぽど心細かったのだろう。

さちえは澄んだ目で遠くを眺める英二の横顔を見つめていた。そうして、私はもう一人ではないし、とり残されたりはしないんだ、と自分に言い聞かせた。今日を限りに、私は生れ変わらなくてはいけない。生れ変わるんだ、佐古さちえは死んで、羽生英二の妻として、羽生さちえとして生きなければいけないと唇を噛んだ。

すると、英二が何かの歌を口ずさんだ。さちえは初めて聞く英二の歌に顔を上げた。
「英二さん、今何か言った？」
英二は笑っていた。

三

くちなしの花は、六月の月明りに青白く浮んでいた。さちえはカーテンを閉じて廊下に出ると、階段を上って美津子の部屋のドアを軽く叩いた。返答のないかわりにドアが自然に開いた。

美津子はテーブルに顔を埋めて眠っていた。さちえは起こそうとして美津子の肩を抱いた。肩越しに美津子の横顔が見えた。長いまつ毛だった。ちょっと上向きの、美津子が整形をしたいと冗談を言っていた鼻が寝息を立てていた。この子の鼻は、夫と瓜ふたつだ、とさちえはその時初めて気づいた。やっぱり親子なのだ。テーブルに散らかった海外旅行のパンフレットが顔の下にあった。ブルーの海にボールペンで記した走り書きがあるのが目に入った。

宮沢美津子、とその文字は記されてあった。娘の癖のある文字だった。さちえは胸を打たれたような気がした。美津子はもう別れる準備をしているのだ。

さちえは肩を抱いた手を放して、美津子の隣りに座ると、机に頬杖《ほおづえ》をついて娘の顔をのぞいた。短く切った髪も案外とこの子に似合っていると思った。指先でその髪に触れてみた。針の山が指の先で、チクチクと痛いような、こそばゆいような感触がした。

あとがき

その夜、神楽坂に着いた時刻、雨が降りはじめた。渡された地図を見ながら、私は旅館への細い坂道を歩いていた。よく雨が降るな、と私は思った。

案内をされた旅館の二階の部屋は、四畳半のこぢんまりとした部屋だった。机の上に、ぶあついゲラ刷りと伝言が置いてあった。この短編集の前半三編の作品のゲラ刷りであった。

私は何年か振りに、自分の書いた小説を読みかえした。古い作品は、私がまだ二十代の時に書いたものだった。その小説の一行目を書いた場所も時間もよみがえってきた。あの頃、私は三十枚の原稿を書くのに、一年も二年もかかっていた。止まってしまった一行が懐かしいような気がした。しかし、三編を読み返してみて、この小説はひとりよがりになっていないだろうかと考えてみた。わからない。それが結論で、私はゲラ刷りを編集者に渡した。

三編の小説を渡して、私は山口県の実家に帰った。そこに残りの二編の小説原稿があるはずだった。しかしその原稿は見つからなかった。書き直した数枚の原稿が見つかっただけだった。

　私はふたたび神楽坂に戻って、二編の小説を書きはじめた。雨はずっと降り続いていた。ようやく二編の小説を渡して、私は久し振りに酒場へ出かけた。解放感などなかった。ガラス窓をしたたる滴《しずく》が、十年の歳月を流しているように感じられた。ずっと小説を書き続けて、それが一冊の本になることを素直に喜べばいいのだと思った。

　四年前に、私は妻をガンで亡くした時、自分という人間の無能さを思い知らされた。私の小説はなにほども他人を揺り動かしたりはしないのだと、書き留めていたものを全て忘れ、捨てようとした。

　その私に小説を書くようにしむけて下さったのは、数人の編集者の人達と色川武大さんだった。

　色川さんは、私と旅をしながら、ポツポツとご自分の若い頃の話をして下さった。小説の話をなさることはめったになかった先生が、今年のはじめあたりから私と顔を合せると、

「今度、どこかの旅館にでも入って小説の稽古をしましょう。相撲の申し合い稽古み

たいにね」

とおっしゃる。

それからまもなくして、色川さんが亡くなった。訃報を聞いた朝、京都は明け方から雨が降っていた。二十年前、私の弟が海難事故で死んだ日も暴風雨のような雨が水面に音を立てていた。妻が息を引きとった朝も病室の外は、秋の雨に濡れていた。

私のような半端な人間をいつくしんで、そして無言で去って行った人達は、雨の日に消えて行った。

五編の小説を読み返してみて、雨や水が多く登場していた。それが自分が生きて、見てきた時間や風景とは無関係とは思えない気がした。

私は最近、自分の中に沼のようなものがあるのを感じる時がある。その沼の底に小さな石が沈んでいる。その石が何かの時に浮上をしてきて、私の感情を追い立てたり、不安にさせたりする。

私はその石をすくいあげて、自分の手でその肌ざわりをたしかめ、それを伝えることが小説を書く仕事だと思う時がある。そうすれば、もっとも単純で誰にもわかり易い小説が書けるような気がする。

今はこの石の浮上のために小説を書き続けたいと願っている。

旅館を出る最後の夜、宿の人に、

「この部屋は色川さんが亡くなる数日前に、予約をして行かれた部屋です」

と言われた。私はそれを偶然とは思わない。関わるということはそういうことなのだろう。立ち上って障子を閉めようとした時、かすかに熱のある風が吹き抜けた気がした……。

この本の発刊にあたって、この三年間私を激励し続けて、本の装幀までして下さった長友啓典氏、今村淳氏、そして神楽坂の旅館で私に鞭を打ち続けて下さった講談社の川端幹三氏に御礼を申し上げたい。

平成元年七月二十六日

伊集院　静

解説

池上冬樹

伊集院静の作品がまた、強く人の心をとらえはじめている。小説では『羊の目』がやくざの生涯を圧倒的な筆力で描ききり、「2009年度版　カリスマ書店員15人が厳選！　最高に面白い本大賞！」（「一個人」二〇〇九年三月号）で文芸部門の第一位に選ばれたし、エッセイ集では今年（二〇一一年）に入り『大人の流儀』がベストセラーを記録し、『作家の遊び方』やムック『伊集院静の流儀』も好評を博している。池波正太郎の『男の作法』や山口瞳の『礼儀作法入門』などの男の生き方を的確に説く本が少なかったこともあるだろうが、やはり東日本大震災に際して語られた鋭くも温かい言葉の数々が、読者の心を揺り動かしたのではないか。

……若い時に経験した苦節、忍耐は必ずその人の人生に光を与えてくれる。……君たちは何百冊の本を読んでも学べないことをこの震災で学ぼうとしている。知識なんかよりもはるかにたしかなものは、人間が生きようとする、生き甲斐を感じる場所と時間なのだ。それが故郷というものであり、母国というものだ。人がつながり、人が継ぎ合ってきたものが歴史なのだ。／今、君たちは歴史の只中に立っている。／歴史は生き残った人々が判断し、語られていく運命を持っている。（文春ムック『伊集院静の流儀』所収「特別寄稿　日本人の流儀——若者よ、哀しみをかかえて生きよ」より）

何と力強い言葉だろう。視野が拡がり、生きていく力が湧いてきて、いますぐにでも何か体を動かして働きたくなる。だが一方で、この直接的なメッセージは強ければ強いほど、フィクションそのものが弱々しく感じられてしまうのだが、伊集院は右の個所で次のように述べている。小説は人の人生をかえることはできない、しかし人の哀しみに寄りそうことはできる、と。

本書『三年坂』はいわば哀しみに寄りそう伊集院静の記念すべき第一作品集だ。仕事がら、多くの作家の第一作品集を数多く読んできたが、これほど濃密で完成された世界をもつ短篇集も珍しいのではないかと思う。起承転結の構成の整合性をきっちりともっていて、どれも折り目の正しさを保ち、まさに短篇らしい短篇が揃っている。しかも日本文学の伝統を守り、どの小説にもかならず風景があり、吹く風が、落ちかかる雨が、ひっそりと咲く花たちが、物語の背景としての引き立て役として、ときに人物たちが精一杯生きる証《あかし》のひとつとして存在する。何ともすばらしい短篇集である。

だが、その魅力を語る前に、伊集院静の最新傑作『いねむり先生』について触れたい。本書『三年坂』が書かれる前後の心象風景がこまやかに描かれてあるからである。

『いねむり先生』は、〝ボク〟と〝先生〟の交流を綴った自伝的長篇小説である。ボクは妻を亡くしてからぼろぼろになっていたのだが、先生と出会ったことで救われる。〝先生〟とは色川武大（阿佐田哲也）である。先生に誘われてボクは各地へ赴《おもむ》き、競輪場での賭け、さびれた町でのジャズ体験、娼婦との喧嘩、やくざとの対峙などを体験するのだが、それがときに緊迫していながらもなんともいえない優しさと温かさをもって描かれる。ボクは先生の存在にふれ、多くのことを学び、奇妙な安堵に包まれていくのである。

一言でいうなら『いねむり先生』は、孤独を見つめながら人として生きていく在り方を捉えた教養小説として優れた成果をあげている。同時に、伊集院ファンにとっては「作家・伊集院静」以前の精神の記録の書としても読めるし、伊集院静がいかに作家としての萌芽《ほうが》をもちえたかを知ることもできる。というのも、〝ボク〟は小説を書くことをやめている。身近にいる人たちから小説を書いているのかと聞かれ、そのたびに小説は書いていない、自分には才能がまったくないと答える。それを聞いて〝才能なんて必要なのかな。……必要なのは腕力やクソ力じゃないかな〟とミュージシャンのIさん（井上陽水か）が言うのだが、それでも難しかった。かつて雑誌に掲載された短篇について、編集者から〝題材がクライんだよね。若いんだし、もっと面白いっていうか、読者のハートをつかむものを書かないとね〟と言われたことも腹にすえかねた。自分にはこれしか書けなかったし、〝原稿用紙三十枚のものを書き上げるのに、一年も時間を費やしていた〟ことも口にできなかった。

だが、その小説を先生は読んでいた。〝とてもよかったですよ〟と言ってくださったのだが、迷いがあった。先生が褒《ほ》めてくれた作品を書いているときも、〝何か上辺のことだけを並べているだけで、詰まるところ自分には小説など書くのは無理なのだと思った。書いたものが小説になっているのかさえ皆目わからなかった〟からである。しかし少しずつ頑《かたくな》な気持ちがほぐれていき、もういちど挑戦する気配が漂ってくるあたりで終わっている。本書の「あとがき」は、ある種『いねむり先生』の後日談に近いだろう。

さて、かつて書かれ、書くことを一度断念し、再び挑戦して書かれた短篇が並んでいるのが、『三年坂』である。五篇収録されているが（冒頭三作が「小説現代」に発表されたもの。残り二作が書き下ろし）、ひとつひとつ違う世界で、その世界を生き抜いた男女にしかわからない手触りがある。まるでひとりひとりの個人的な体験を目撃したような生々しさがある。しかし、もちろん文体はみな同じで、こまやかで五感の描写にすぐれ、リリカルで、余韻がある。悲しみも驚きも怖さも嬉しさもみな伝わってくる。

まず、「三年坂」（「小説現代」一九八四年七月号「蝉籠」改題）は、母親の七回忌の法事のときに叔母と話をしながら、すし職人の宮本が亡くなった母を回想し、破綻を迎えつつある妻との関係を思いやる話だ。過去と現在を自在に行き来してすし職人の人生をあぶりだしていくのだが、その話の中心となるのが幼いときの母と出かけた山奥の温泉旅行で、そこで宮本は母親が片腕の男と親しくしているのを見る。男はいったい何者なのかという謎は最後に解かれて、意外な真相を知ることになるのだが、しかし読者に静かに迫るのは母親の存在の大きさだろう。過去と現在をさまざまに交錯させながら、母親の記憶を絡ませ、そこから人生の真実を引き出している。語りの巧さとキャラクターの深さとテーマ把握の強烈さが光る傑作短篇だろう。

「皐月」（「小説現代」一九八一年六月号）は、伊集院静の第一作。祖父と孫のように年の離れている父親と息子の絆《きずな》の話である。笹をとりにいった親子の話が途中から遭難にあった父親救出がメインになる。緊張した内面の状況が書かれ、読者も少年に同化してどきどきしてくる。父親が亡くなるのではないかという恐怖が、少年を迷子にするほどの厚い森の風景のなかでいちだんと高まる。少年の内面と共振する風景の揺れが巧みに捉えられ、心理の視覚化がなされていっそうひきこまれていく。家に帰ってからの家族のふれあいも、たんたんと書いてあるけれど心に残るし、さりげない花の登場も印象深い。

「チヌの月」（「小説現代」一九八四年五月号「チヌの歯」改題）は、老人が釣りに出かける話かと思いきや、少しずつ過去の風景が見えてきて、全体に悲哀のヴェールがかかるようになる。とくに戦時中の体験がよみがえる終盤の展開にはどきりとするし、そこに出てくる朝鮮人の女性が、老人の身近にいる女性と似ているくだりも一段と歴史の時間の断層を見せて心憎い。最後に魚の歯を口にふくんで少年時代を回想して、一人の男の人生を完成させるけれど、それは同時に、悲哀も喜びも事実として受け入れざるをえない普遍的な人生の姿でもあるだろう。一人の老人の固有の体験ではなく、いつの時代でも起こりうる普遍的な人生体験にまで昇華させていて、なかなか見事だ。なお実は、『いねむり先生』で先生が褒めた小説はこの小説である。「チヌのことを書いた作品、とてもよかったですよ」と〝ボク〟に言っている。本書に収録されている作品はみな優れているけれど、個人的にはこの「チヌの月」がいちばん好きである。

「水澄」(書き下ろし)は、あやしいゴルフ場の会員権を売るセールスマンの話である。自分の仕事に嫌気をおぼえているときに、ひょんなことから見知らぬ草野球のチームに参加して試合にのぞむことになる。少年野球での挫折体験、理不尽な事件で人生を変えざるをえなかった男の過去が少しずつ明らかになっていく。相変わらず文体は濃密で、ほとんど純文学的であるけれど、語りの巧さはミステリ作家にも匹敵する。タイトルにもなっている水澄しのエピソードの持ってき方などうなるほど巧い。

最後の「春のうららの」(書き下ろし)は、心しずまる小説である。さびしい華やぎがいとおしく感じられる小説だ。夫とともに料理屋で働いていた女性が、結婚式を間近に控えた娘を前にして夫とのはじめての旅行を回想する話で、女性のどこかさびしげな人生が、おりおりの花と歌に彩られていく。自由に視点を移動させて、夫の視点からも女性を観察して、貧しくも心豊かだった時代の夫婦のひとつの典型を浮き彫りにする。旅館にふられ続けた二人が、女生徒たちのコーラスに慰められ、合唱することで充たされていく場面が何とも美しい。また、ラストでさりげない挿話をひとつ足して、母親と娘の思いを重ね合わせる点も秀逸だ。

第一作品集『三年坂』のあと、伊集院静は、翌年一九九〇年に『乳房』(吉川英治文学新人賞受賞)、九一年に自伝的長篇の第一部『海峡』、九二年に『受け月』(直木賞受賞)を発表し、作家として大きく羽ばたいていく。作家は処女作に向かって成熟するという逆説的な言葉があるけれど、本書『三年坂』はまさに伊集院文学の原点であり、豊かな文学の色あざやかな萌芽を見ることができるだろう。何度も読み返したくなる作品集だ。

本書は、一九九二年八月に講談社文庫より刊行された
『三年坂』を改訂し文字を大きくしたものです。

|著者|伊集院 静　1950年山口県防府市生まれ。'72年立教大学文学部卒業。'81年短編小説「皐月」でデビュー。'91年『乳房』で第12回吉川英治文学新人賞、'92年『受け月』で第107回直木賞、'94年『機関車先生』で第7回柴田錬三郎賞、2002年『ごろごろ』で第36回吉川英治文学賞、'14年『ノボさん 小説 正岡子規と夏目漱石』で第18回司馬遼太郎賞を受賞。'16年紫綬褒章を受章。'21年第3回野間出版文化賞を受賞した。著書に『海峡』『白秋』『春雷』『岬へ』『駅までの道をおしえて』『ぼくのボールが君に届けば』『いねむり先生』、エッセイ集『それでも前へ進む』「大人の流儀」シリーズなどがある。2023年逝去。

新装版《しんそうばん》　三年坂《さんねんざか》

伊集院《いじゅういん》 静《しずか》

2011年11月15日第1刷発行
2023年12月15日第5刷発行

発行者──森田浩章
発行所──株式会社 講談社
東京都文京区音羽2-12-21　〒112-8001
電話 出版 (03) 5395-3510
販売 (03) 5395-5817
業務 (03) 5395-3615

Printed in Japan

講談社文庫
定価はカバーに
表示してあります

KODANSHA

デザイン─菊地信義
本文データ制作─講談社デジタル製作
印刷───株式会社KPSプロダクツ
製本───株式会社国宝社

ISBN978-4-06-277104-7

講談社文庫刊行の辞

二十一世紀の到来を目睫に望みながら、われわれはいま、人類史上かつて例を見ない巨大な転換期をむかえようとしている。

世界も、日本も、激動の予兆に対する期待とおののきを内に蔵して、未知の時代に歩み入ろうとしている。このときにあたり、創業の人野間清治の「ナショナル・エデュケイター」への志を現代に甦らせようと意図して、われわれはここに古今の文芸作品はいうまでもなく、ひろく人文・社会・自然の諸科学から東西の名著を網羅する、新しい綜合文庫の発刊を決意した。

激動の転換期はまた断絶の時代である。われわれは戦後二十五年間の出版文化のありかたへの深い反省をこめて、この断絶の時代にあえて人間的な持続を求めようとする。いたずらに浮薄な商業主義のあだ花を追い求めることなく、長期にわたって良書に生命をあたえようとつとめるところにしか、今後の出版文化の真の繁栄はあり得ないと信じるからである。

同時にわれわれはこの綜合文庫の刊行を通じて、人文・社会・自然の諸科学が、結局人間の学にほかならないことを立証しようと願っている。かつて知識とは、「汝自身を知る」ことにつきていた。現代社会の瑣末な情報の氾濫のなかから、力強い知識の源泉を掘り起し、技術文明のただなかに、生きた人間の姿を復活させること。それこそわれわれの切なる希求である。

われわれは権威に盲従せず、俗流に媚びることなく、渾然一体となって日本の「草の根」をかたちづくる若く新しい世代の人々に、心をこめてこの新しい綜合文庫をおくり届けたい。それは知識の泉であるとともに感受性のふるさとであり、もっとも有機的に組織され、社会に開かれた万人のための大学をめざしている。大方の支援と協力を衷心より切望してやまない。

一九七一年七月

野間省一

池井戸 潤 半沢直樹2〈オレたち花のバブル組〉
池井戸 潤 半沢直樹3〈ロスジェネの逆襲〉
池井戸 潤 半沢直樹4〈銀翼のイカロス〉
池井戸 潤 半沢直樹 アルルカンと道化師
池井戸 潤 花咲舞が黙ってない〈新装増補版〉
池井戸 潤 ノーサイド・ゲーム
池井戸 潤 新装版 BT'63(上)(下)
石田衣良 LAST[ラスト]
石田衣良 東京DOLL
石田衣良 てのひらの迷路
石田衣良 40《フォーティ》 翼ふたたび
石田衣良 sex
石田衣良 逆《さか》島《しま》断《たつ》雄《お》〈進駐官養成高校の決闘編1〉
石田衣良 逆島断雄〈進駐官養成高校の決闘編2〉
石田衣良 逆島断雄〈本土最終防衛決戦編1〉
石田衣良 逆島断雄〈本土最終防衛決戦編2〉
石田衣良 初めて彼を買った日
井上荒野 ひどい感じ―父・井上光晴
稲葉 稔 椋鳥の影〈八丁堀手控え帖〉

伊坂幸太郎 チルドレン
伊坂幸太郎 サブマリン
伊坂幸太郎 魔王〈新装版〉
伊坂幸太郎 モダンタイムス(上)(下)〈新装版〉
伊坂幸太郎 PK〈新装版〉
絲山秋子 袋小路の男
石黒 耀 死都日本
石黒 耀 忠臣蔵異聞〈家老 大野九郎兵衛の長い仇討ち〉
犬飼六岐 筋違い半介
犬飼六岐 吉岡清三郎貸腕帳
石川大我 ボクの彼氏はどこにいる?
石松宏章 マジでガチなボランティア
伊東 潤 国を蹴った男
伊東 潤 峠越え
伊東 潤 黎明に起《た》つ
伊東 潤 池田屋乱刃
石飛幸三 「平穏死」のすすめ〈口から食べられなくなったらどうしますか〉
伊藤理佐 女のはしょり道
伊藤理佐 また! 女のはしょり道

伊藤理佐 みたび! 女のはしょり道
石黒正数 外《げ》天《てん》楼《ろう》
伊与原 新 ルカの方舟《はこぶね》
伊与原 新 コンタミ 科学汚染
稲葉圭《よし》昭《あき》 恥さらし〈北海道警 悪徳刑事の告白〉
稲葉博《ひろ》一《いち》 忍者烈伝
稲葉博一 忍者烈伝ノ続
稲葉博一 忍者烈伝ノ乱〈天之巻〉〈地之巻〉
伊岡 瞬 桜の花が散る前に
石川智健 エウレカの確率〈経済学捜査と殺人の効用〉
石川智健 60《ロクジュウ》〈誤判対策室〉
石川智健 20《ニジュウ》〈誤判対策室〉
石川智健 第三者隠蔽機関
石川智健 いたずらにモテる刑事の捜査報告書
井上真偽《まぎ》 その可能性はすでに考えた
井上真偽 聖女の毒杯〈その可能性はすでに考えた〉
井上真偽 恋と禁忌の述語論理《プレディケット》
泉 ゆたか お師匠さま、整いました!
泉 ゆたか お江戸けもの医 毛玉堂

講談社文庫　目録

泉　ゆたか　玉《たま》の輿《こし》猫〈お江戸けもの医 毛玉堂〉
伊兼源太郎　地　検　の　S
伊兼源太郎　Sが泣いた日〈地検のS〉
伊兼源太郎　Sの幕引き〈地検のS〉
伊兼源太郎　巨　　　悪
伊兼源太郎　金庫番の娘
逸木　裕　電気じかけのクジラは歌う
今村翔吾　イクサガミ　天
今村翔吾　イクサガミ　地
入月英一　信長と征《ゆ》く　1・2〈転生商人の天下取り〉
磯田道史　歴史とは靴である
石原慎太郎　湘　南　夫　人
井戸川射子　ここはとても速い川
五十嵐律人　法　廷　遊　戯
稲葉なおと　ホシノカケラ
一色さゆり　光をえがく人
石沢麻依　貝に続く場所にて
内田康夫　シーラカンス殺人事件
内田康夫　パソコン探偵の名推理

内田康夫　「横山大観」殺人事件
内田康夫　江田島殺人事件
内田康夫　琵琶湖周航殺人歌
内田康夫　夏　泊　殺　人　岬
内田康夫　「信濃の国」殺人事件
内田康夫　風　葬　の　城
内田康夫　透　明　な　遺　書
内田康夫　鞆《とも》の浦《うら》殺人事件
内田康夫　終幕《フィナーレ》のない殺人
内田康夫　御堂筋殺人事件
内田康夫　記憶の中の殺人
内田康夫　北国街道殺人事件
内田康夫　「紅藍《くれない》の女《ひと》」殺人事件
内田康夫　「紫《むらさき》の女《ひと》」殺人事件
内田康夫　藍色回廊殺人事件
内田康夫　明日香の皇子
内田康夫　華　の　下　に　て
内田康夫　黄　金　の　石　橋
内田康夫　靖国への帰還

内田康夫　不等辺三角形
内田康夫　ぼくが探偵だった夏
内田康夫　逃　げ　ろ　光　彦〈内田康夫と5人の女たち〉
内田康夫　悪　魔　の　種　子
内田康夫　戸隠伝説殺人事件
内田康夫　新装版　死者の木霊
内田康夫　新装版　漂泊の楽人
内田康夫　新装版　平城山《ならやま》を越えた女
内田康夫　秋　田　殺　人　事　件
内田康夫　孤　　　　　道
和久井清水　孤　道　完　結　編〈金色の眠り〉
内田康夫　イーハトーブの幽霊
歌野晶午　死　体　を　買　う　男
歌野晶午　安達ヶ原の鬼密室
歌野晶午　新装版　長い家の殺人
歌野晶午　新装版　白い家の殺人
歌野晶午　新装版　動く家の殺人
歌野晶午　密室殺人ゲーム王手飛車取り
歌野晶午　新装版　ROMMY　越境者の夢

2023年9月15日現在